행복이란,
찾으면 보이는 것

장경동의 편안한 일상을 위한 힐링 에세이

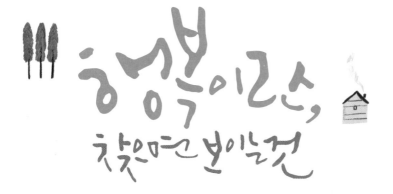

행복이란,
찾으면 보일 것

장경동 지음 | **최청운** 그림

아라크네

행복해지고 싶다면,
행복한 사람 옆에 있어라

사람들은 저를 '행복을 전하는 목사'라고 부릅니다. 늘 호탕한 웃음과 유쾌한 말로 사람들을 즐겁게 해 주니 그렇게 불러 주시는 것 같습니다. 행복한 사람 옆에 있으면 그 주변 사람들도 그 행복 바이러스를 전달받아 행복해진다는 과학 실험 결과도 있습니다. 그래서 '행복해지고 싶다면, 행복한 사람 옆에 있어라' 하는 말은 절대적으로 맞는 말입니다.

그런데 주변을 보면 너무도 많은 사람들이 고민과 걱정거리를 안고 살아가는 것을 볼 수 있습니다. 그들의 얼굴에 '행복'이라고는 찾아볼 수 없습니다.

저는 목사로 일하다 보니, 이런 사람들의 이야기를 들을 기회가 많이 있었습니다. 그들의 고민을 귀 기울여 잘 들어 주고, 제 나름의 경험과 연륜을 바탕으로 유쾌하게 이야기를 풀어 나가자, 많은 사람들의 얼굴 표정이 밝아지는 것을 느낄 수 있었습니다.

그러던 어느 날 '똑같은 고민을 가진 사람들이 많이 있을 텐데, 그들에게도 그 고민의 해결책을 알려 준다면 그들의 삶도 행복해지지 않을까?'라는 생각이 불현듯 들었습니다. 그래서 그 고민의 내용과 제 해결책을 시간이 날 때마다 글로 하나하나씩 정리해 놓았는데, 그 결과물이 바로 이 책, 『행복이란, 찾으면 보이는 것』입니다.

만약 지금 나 자신과 자식, 부모, 그리고 노년의 삶 등에 대해 잘 풀리지 않는 걱정거리가 있다면, 혼자서 머리 아파하지 말고, 편안한 마음으로 이 책을 한번 읽어 보세요. 제가 전해 드리는 행복 바이러스로 인해 여러분의 힘들고 지친 마음이 행복함으로 바뀔 것입니다.

행복한 삶 아름다운 인생, 화이팅!

2017년 10월
장 경 동

제2장 행복한 홀로 서기

제3장 행복한 연애, 달콤한 결혼

제4장 행복하게 나이 들기

제 1장

아이 키우기의

행복

클래식과
힙합

아이를 갖는다는 것은 축복입니다. 첫아이를 갖게 되면 부모, 특히 엄마가 될 사람은 태교에 많은 신경을 씁니다. 태교에는 여러 가지 방법이 있지만 그 중에 하나가 음악입니다. 그렇다면 음악은 어떤 것이 좋을까요? 고요하고 잔잔한 클래식이 좋을까요, 아니면 산모가 평소에 좋아하던 비트가 강한 음악도 괜찮은 걸까요? 젊은 나이의 산모라면 당연히 가질 법한 의문입니다.

인간의 여러 가지 감정을 함축적으로 간결하게 잘 표현한 언어는 '시詩'입니다. 그리고 이런 시에 곡을 붙인 것이 '음악'입니다. 그래서 모든 음악은 다 좋습니다. 좋은 음악과 나쁜 음악으로 구별될 수 없어요. 잔잔하고 고요한 클래식은 좋은 것이고, 시끄럽고 비트가 강한 힙합은 나쁜 것이라고 할 수 없다는 말입니다.

하지만 경우와 상황에 따라서 어떤 음악은 나쁜 영향을 미치기도 합니다. 일례로 "사랑해선 안 될 사람을 사랑하는 죄이라서~"로 시작되는 노래가 있습니다. 이 가사를 들으면 어떤 생각이 드나요? 평범한 연인들 간의 아름다운 사랑이 아닌 불륜을 연상시키지 않나요? 사랑할 수 있는 사람을 사랑해야 하는데, 사랑해선 안 될 사람을 사랑하니 말이에요. 불륜 때문에 고통 받는 사람이 이 가사를 듣는다면, 그의 마음은 더 우울해지고 화가 머리끝까지 날 것입니다. 경우에 따라서 어떤 가사는 듣는 이에게 나쁜 영향력을 끼칠 수도 있다는 사실을 알아야 합니다.

귀를 통해 들을 수 있는 멜로디는 더 직접적으로 영향을 미칩니다. 사람뿐만 아니라, 심지어는 과일에게도 영향력이 있습니다. 한 실험에 따르면, 일정 기간 토마토에 음악을 틀어 줬더니 과육이 덜 물러진 데다 오랫동안 푸른빛을 유지했다고 합니다. 반면, 아무 자극도 주지 않은 토마토는 빨갛게 익어 살짝만 눌러도 물렁거렸습니다.

임신을 하면 먼저 마음속에 새겨야 할 사실이 있습니다. 자신의 뱃속에 아기가 생겼다고 하더라도 엄마가 곧 태아는 아니라는 사실을 일단 알아야 합니다. 엄마와 뱃속 태아는 엄연히 구별된 존재라는 뜻이지요. 엄마가 힙합을 좋아한다고 해서 태아 또한 힙합을 좋아한다고 말할 수는 없습니다.

일반적으로 대부분의 나이 드신 노인들은 소위 '뽕짝'이라고 하는

트로트를 좋아합니다. 이미자, 나훈아 등으로 대표되는 정통 트로트
는 대체로 4분의 4박자를 기본으로 합니다. 그래서 고개를 까닥까닥
끄덕이며 박자를 맞추기에 안성맞춤입니다.

하지만 제가 아는 대부분의 힙합 음악은 그렇지 않습니다. 빠른 비
트와 함께 가수가 속사포처럼 쏟아 내는 랩 가사는 정말 정신이 없을
정도입니다. 그것에 익숙하지 않은 사람이 그 빠른 박자를 따라가려
면 숨이 찹니다. 태아 또한 마찬가지입니다. 청력이 아직 제대로 발달
하지 않은 태아가 힙합의 박자를 따라가기는 무리입니다.

물론 빠른 비트의 힙합 음악을 좋아하는 엄마 입장에서는 잔잔하고
고요한 클래식을 듣는 것이 답답할 것입니다. 그러나 엄마와 아이 둘
중에 누군가가 힘들어해야 한다면 그건 누구여야 할까요? 당연히 엄
마가 희생해야 하지 않을까요? 태아는 스스로 무언가를 선택할 수 없
으니까요. 또한 태교胎敎란 것이 엄마가 태아에게 좋은 영향을 주기
위하여 하는 모든 행위들을 가리키는 것을 말하니까요.

일본의 한 연구팀이 임신부들을 대상으로 실험을 실시하였는데, 유
쾌한 영화와 슬픈 영화를 볼 때 태아가 어떻게 반응하는지 알아보기
위한 것이었습니다. 그 결과, 엄마가 유쾌한 장면이 나오는 영화를 볼
때는 태아가 팔다리를 활발하게 움직였지만, 슬픈 영화를 볼 때는 태
아의 움직임이 거의 없었다고 해요. 이것은 엄마의 감정이 고스란히
태아에게 전달된다는 것을 뜻합니다.

그래서 임신 중에는 즐겨 보는 영화 또한 신중하게 선택해야 합니

다. 영화를 볼 때 엄마 혼자만이 아닌, 뱃속의 아이도 함께 보는 것이기 때문입니다. 특히 공포 영화를 좋아하는 엄마라면 임신 기간에는 TV 리모컨을 잠시 내려놓거나 영화관 나들이를 삼가는 편이 뱃속 아이에게 좋을 것입니다. 진정으로 내 아이가 정서적으로 안정감 있는 아이로 태어나기를 바란다면 말이죠.

직접 눈으로 보지 않는 영화가 이렇게 영향력이 큰데, 하물며 귀로 듣는 음악은 영향력이 더 크지 않을까요? 스트레스를 받아 가며 억지로 잔잔한 음악을 찾아 들을 필요는 없겠지만, 그래도 아이를 위해서라면 시끄럽고 박자가 빠른 힙합은 잠시 내려놓고, 몸과 마음을 이완시켜 주는 음악을 듣는 편이 좋을 것 같습니다. 그러면 태아 또한 엄마를 통해 안정감을 찾을 것이고, 이것이 아이의 두뇌 발달에도 긍정적으로 영향을 미칠 것입니다.

태교를 할 때 엄마는 자연스럽지만 태아가 자연스럽지 않은 상황이 된다면, 당연히 아이 쪽을 따라야 합니다. 10개월이란 기간이 물론 짧지 않은 기간일 수도 있지만, 앞으로 살아가야 할 시간에 비한다면 짧은 기간이라고 할 수 있습니다.

아이를 순산한 후에 힙합 음악이 쩌렁쩌렁하게 울려 퍼지도록 듣는다면 엄마에게도 기분 전환이 되고, 아이에게도 안 좋은 영향이 가지는 않을 것입니다. 순산하세요. 그리고 난 후에 내 몸과 마음을 행복하게 해 주는 음악을 많이 찾아 들으세요.

돈으로 크는 아이,
재능으로 크는 아이

아이 한 명을 낳아 키우고 교육하는 데 드는 비용이 집 한 채 가격에 육박하는 요즈음입니다. 그래서 엄마들이 많이 활동하는 인터넷 카페에는 이런 고민이 자주 게시판에 올라오곤 합니다.

"아이가 벌써 셋이에요. 그런데 이번에 또다시 임신을 했어요. 미안한 마음이 들긴 하지만, 임신 중절 수술을 할까 하는데 괜찮겠죠? 지금 있는 아이들을 키우는 것만으로도 경제적으로 너무 힘들거든요."

경제적으로 힘든 부부에게 정말 고민되는 상황이 아닐 수 없습니다.

행복이란, 찾으면 보이는 것

요즈음에는 결혼을 한다는 것 자체가 사치라고 생각하는 사람들이 많아졌습니다. 그러다 보니 어렵게 결혼에 성공한(?) 부부라 할지라도 아이 낳는 것을 꺼리게 됩니다. 이렇게 된 주된 이유는 단연 '경제적 문제' 때문입니다.

결혼을 하더라도 둘이서만 살면 사실 경제적으로 여유롭게 지낼 수 있습니다. 밥을 먹더라도 좀 더 좋은 식당에 가서 먹을 수도 있고, 물건을 하나 사더라도 좀 더 비싼 것을 선택할 수가 있습니다.

그런데 아이를 한 명이라도 낳게 되면 경제적으로 약간 어려워집니다. 두 명을 낳으면 당연히 더 어려워질 수 있습니다. 세 명은 말할 것도 없다고 생각하지요. 그런 의미에서 '돈 없으면 아이도 못 키운다'라는 말이 일견 맞아 보이는 듯합니다.

그런데 제 세대의 부모님들은 가족계획이란 것도 없이 아이가 생기는 대로 낳았습니다. 그래서 집집마다 적게는 4명에서 많게는 10명도 넘는 아이들이 있었습니다. 하지만 경제적으로 어렵다 보니 모든 자식들에게 일일이 마음을 써 가면서 키울 여력이 없었기에 거의 방목하다시피 해서 그 많은 아이들을 키우는 경우가 많았습니다. 그럼에도 엇나가는 자식들은 거의 없었습니다. 그리고 그 자식들이 모두 자라 성인이 된 지금, 사회 각 분야에서 성실하고 근면한 일꾼으로 제 몫을 해내고 있습니다.

물론 그 당시와 지금의 상황을 직접적으로 대입하는 것이 맞지 않을 수도 있지만, 단순히 경제적 문제 때문에 아이 낳기를 주저하고 있다면 한번쯤 고려해 봐야 하지 않을까 합니다.

제 여동생만 하더라도 딸만 내리 넷을 낳았습니다. 그 딸들이 이제는 모두 잘 성장하였습니다. 그래서 제 여동생은 늘 이렇게 말합니다.

"내 인생에 가장 잘한 일이 있다면, 그건 바로 딸 넷을 낳은 거야."

경제적으로 힘들었던 시기에 딸 넷을 키운다는 것이 당시에는 정말 죽고 싶을 정도의 엄청난 부담으로 다가왔지만, 시간이 지나고 나서 보니 이제는 자신이 한 일 중에서 가장 잘한 일이 되었던 것입니다. 인생을 결코 한 가지 단면으로만 봐서는 안 됩니다.

요즈음 백화점에서는 120만 원짜리 책가방과 100만 원짜리 도시락 가방이 없어서 물건을 못 팔 지경이라고 합니다. 이는 집집마다 거의 대부분 아이가 한 명뿐이다 보니, '내 아이가 기죽지 않도록 최고로 키운다'는 생각이 부모들 사이에 팽배해져 있기 때문입니다.

또한 겨우 예닐곱 살쯤 되어 보이는 아이들이 엄마 손에 이끌려 영어학원이나 피아노·태권도·발레 학원 안으로 들어가는 모습을 심심치 않게 볼 수 있습니다. 특히, 강남 대치동 학원가에서는 '돼지 엄마'가 인기랍니다. '돼지 엄마'는 각종 학원 정보를 꿰뚫어 자신의 자녀를 이른바 SKY(서울대·고려대·연세대)에 보낸 엄마를 가리키는 말인데, 그 돼지 엄마는 새끼들을 몰고 다니는 엄마 돼지처럼 'SKY 합격 보장'을 내세우며 주변 엄마들을 특정 학원으로 우르르 몰고 다닌다고 합니다.

그런데 돼지 엄마의 자녀가 다닌 학원을 내 자녀가 다닌다고 해서 똑같은 대학교에 입학하리란 보장이 없습니다. 돼지 엄마의 자녀와 내 자녀는 결코 같을 수 없습니다. 결국 이런 현상은 부모가 자녀교육에 대한 줏대가 없어서 벌어지는 일입니다. 엄마들이 스스로 정체성을 가지고 아이를 키워야 합니다.

'돈으로 아이를 키운다'는 생각을 버리세요. 특히 학교 공부와 관련된 학원들을 무턱 대고 보내는 부모가 되지 마세요.

아이가 다 자라 성인이 되었을 때, 어린 시절을 회상하면서 엄마 아빠가 돈으로 사 준 장난감과 파김치가 되어 전전했던 여러 학원을 추억하지 않을 것입니다. 오히려 자신과 함께 신나게 놀아 줬던 아빠와 인생의 어려움에 처했을 때 따뜻하게 안아 줬던 엄마를 더 잘 기억할 것입니다.

이렇게 인식 전환이 이루어지면, 아이를 키우더라도 한결 수월하게 키울 수 있을 것입니다. 공부해야 행복한 아이가 있고, 춤추고 노래해야 행복한 아이가 있습니다. 공부도 재능임을 부모님들은 명심해야 합니다. 잘하는 것을 해야 아이가 행복해집니다. 그래서 부모가 아이를 유심히 관찰해 그의 재능을 파악하면 경제적으로 훨씬 덜 어려우면서도 행복하게 키울 수가 있습니다. 그렇게 되면 아이 하나를 키우나 넷을 키우나 돈 들어가는 데에는 그다지 차이가 없습니다.

지금 이 순간에도 피임에 실패해 이미 뱃속에 들어선 아이를 '지울까, 말까?'를 고민하는 부부들이 많이 있을 것입니다. 태아도 한 생명입니다. 따라서 칼로 사람을 죽이는 것도 살인이지만, 그 태아를 낙태

시키는 것 또한 살인 행위입니다. 누군가는 아직 세상에 태어나지 않았으니 세포에 불과하다고 말할지도 모르지만, 장담하건대 낙태를 하게 되면 어느 날 불현듯 그때의 상황이 떠오를 것입니다. 그리고 그 괴로움은 평생 갈 것입니다. 하지만 아이를 낳게 되면 당장은 경제적으로 힘들고 어렵더라도 이러한 고통 속에 평생 몸부림치지 않아도 됩니다.

이 둘을 비교해 볼 때 후자가 더 낫지 않을까요? 그리고 그 아이가 훌륭하게 자라면 분명히 스스로의 선택에 감탄하게 될 것입니다. '내가 이 아이를 낳아 키우길 잘했구나'라는 것을요.

혹시 아이가 잘못된 길로 빠지면 어떻게 하냐고요? 아직 벌어지지 않은 일에 대해 부정적으로 생각하기보다는 긍정적으로 생각할 필요가 있습니다. 긍정적인 마음으로 아이를 키우다 보면 분명히 남들이 부러워하는 아이로 성장해 있을 것입니다.

결혼에 대한 막연한 두려움 때문에 "결혼해서 매일 돈 때문에 싸우고 그러다가 나중에 결국 이혼이라도 하면 어떡해요?"라고 부정적으로 말하던 사람이 막상 결혼을 해 보니까 매일같이 깨가 쏟아질 정도로 행복하게 잘살면 어떡할 건가요? 아직 가 보지 않은 길에 대해 막연한 두려움과 부정적인 생각을 갖기보다는 기대와 긍정적인 사고를 하는 것이 더 좋습니다.

분명히 아이 하나를 낳아 키우는 것은 경제적으로 힘이 더 듭니다. 결코 현실을 모른 척 외면하는 것이 아닙니다. 하지만 중심을 잡고 돈에 끌려 다니지 않으면서 아이를 돌본다면 충분히 아이를 잘 키울 수 있습니다. 그리고 한 아이를 제대로 키워 내는 것이 한 가정을 위해서도, 인류를 위해서도 더 가치 있는 일입니다.

그러니 만약 경제적인 문제 때문에 아이 한 명 더 낳는 것을 고민하는 부부라면 막연한 두려움을 버리고, 긍정적인 마음으로 아이를 더 낳았으면 합니다.

행복한 아이로
키우려면

행복한 사람이란 어떤 사람일까요?

기준이 제각각이라 한마디로 정의할 순 없지만, 자신의 재능이 발휘되는 분야를 찾아내 그 일을 즐겁게 하는 사람이 행복한 사람에 포함될 것입니다.

세상의 모든 사람들은 행복한 삶을 꿈꿉니다. 특히나 부모라면 내 아이가 행복하길 간절하게 바랍니다. 이렇게 아이가 행복한 삶을 살고자 한다면 부모는 어려서부터 아이를 어떻게 교육해야 할까요?

아이들 각각은 모두 재능이 다릅니다. 공부를 하면서 행복해하는 아이가 있는가 하면, 운동을 통해 그 재능을 발휘하는 경우도 있습니다. 또 어떤 아이는 음악, 미술 등 예술 분야에서 탁월함을 보이는 경우도 있습니다.

그런데 보통 사람들은 미술이나 음악 등의 예술 분야와 야구와 축구 같은 스포츠 분야는 타고난 재능이 있어야 한다고 생각하는 반면에, 공부는 재능이라고 생각하지 않는 경향이 있습니다. 그래서 어떤 부모들은 지금 내 아이가 노는 데 정신이 팔려 공부를 시작하지 않아서 그렇지, 일단 마음 먹고 책상에 앉아 공부를 본격적으로 하기만 하면 분명히 전교 1등을 할 수 있을 것이라고 착각하기도 합니다. 초등학교 저학년이나 시골 학교의 분교에서라면 이 말이 어느 정도 통용될 수 있습니다. 하지만 공부 잘하는 학생들이 많이 모여 있는 대도시에서는 진짜 수준이 드러나게 마련입니다. 따라서 공부도 예체능처럼 재능입니다.

아무튼 공부든, 예체능이든 어려서부터 그 재능을 발견해 그것이 충분히 발휘될 수 있도록 부모가 잘 도와주어야 행복한 아이로 자랄 수 있습니다. 그러면 그 '재능'이라는 것을 어떻게 알아볼 수 있을까요?

일단은 아이가 엄마를 더 많이 닮았는지, 아니면 아빠를 더 많이 닮았는지를 잘 관찰해야 합니다. 누군가를 닮았다는 것은 외형적인 모습뿐만 아니라 재능도 포함됩니다. 따라서 이 말은 엄마나 아빠가 자신의 어린 시절에 뭘 잘했는지를 알고 있어야 한다는 뜻입니다. 그것을 발견해 내 아이에게 시켜 보아야 합니다.

두 번째로는 누가 옆에서 가르쳐 주지 않았는데도 아이 스스로 잘

하는 것이 무엇인지 살펴보세요. 학원 등에서 가르침을 받아 잘하는 것이라면 노력의 결과이고, 주변의 아무런 도움도 없이 스스로 잘하는 것이라면 재능입니다.

IMF 외환위기로 인해 온 국민이 경제적으로 힘들고 어려운 시절을 보내고 있을 때, 우리에게 많은 희망을 주었던 골프 여제 박세리 선수를 기억할 것입니다. 그녀의 아버지 말에 의하면, "세리한테 골프에 대해 전혀 가르쳐 주지도 않았는데, 저 혼자서 골프채를 들고 스윙을 하더니 매번 홀 안으로 공을 집어넣었다"고 합니다. 그래서 아버지는 박세리 선수가 골프에 재능이 있다는 것을 발견하게 되었습니다.

마지막으로 내 아이가 진짜 하고 싶어 하는 것이 무엇인지 찾아보세요. 밥 먹는 것도 잊어버릴 정도로 몰두하는 것이 반드시 하나 이상은 있을 것입니다. 그것이 공부면 공부를 시키고, 피아노면 피아노를 시키고, 축구면 축구를 시키면 됩니다. 결코 공부를 잘한다고 해서 모든 아이들이 행복해하는 것은 아닙니다. 이 말은 들으면, 이렇게 반문하는 부모님이 반드시 있을 것입니다.

"우리 아이는 아무리 봐도 특출한 게 하나도 없어요!"

하지만 그 말은 절대적으로 잘못되었습니다. 부모가 아이를 제대로 관찰하지 않았다는 변명에 불과할 뿐입니다. 아이들은 모두 하나 이상의 재능을 타고납니다. 다만 어떤 아이는 어려서부터 그 재능이 누가 보더라도 두드러져 보이기도 하지만, 또 어떤 아이는 재능이 겉으로 확연히 드러나지 않아 잘 보이지 않을 뿐입니다.

그래서 두드러진 재능이 보이지 않는 아이에게는 세밀한 관찰이 필요합니다. 반드시 어떤 분야에서든 조금이라도 재능을 보일 것입니다. 학교에서는 국어, 영어, 수학 등 여러 과목을 한꺼번에 배웁니다. 그중에서 영어와 수학의 시험 점수는 30점인 반면에 국어 점수를 50점 받았다면 그나마 국어가 가장 잘하는 과목입니다. 그러면 국어와 관련된 글쓰기라든지 말하기 등을 연습시키면 됩니다. 굼벵이도 구르는 재주가 있는데, 하물며 사람이 없겠어요? 다시 한번 말씀드리지만, 재능은 누구에게나 다 있습니다. 그러므로 부모의 아이에 대한 끊임없는 관찰이 참으로 중요합니다.

가지가 많다고 큰 나무가 되는 게 아닙니다. 나무가 올곧게 크기 위해서는 오히려 잔가지들을 사정없이 잘라 줘야 합니다.

그런데 요즈음의 엄마들은 너무 가지를 키우는 데에만 신경을 씁니다. 피아노, 태권도, 미술, 바이올린 등등 가지가 너무 많습니다. 그러지 말고 앞서 언급한 3가지 재능 발굴법을 익혀 아이의 재능이 땅속 깊이 뿌리를 잘 내리도록 도와주세요.

또한 이제는 직업의 귀천에 대한 생각을 버려야 합니다. 판검사와 의사만 좋은 직업이고, 음식 장사하는 사람은 하찮은 일을 한다는 생각은 말도 안 됩니다. 권력도 10년을 못 가고, 의사가 떼돈을 버는 시대도 아닙니다.

행복한 사람은 평생을 즐거움 속에서 살지만, 반대로 괴로움 속에서 일을 하다 보면 인생 전체가 괴로워집니다. 자기 적성에도 맞지 않고,

즐겁지도 않은 일을 평생 한다는 것이 얼마나 큰 스트레스겠어요? 웬만큼 먹고사는 문제가 해결되기만 한다면, 즐겁게 일하는 것이 행복하게 사는 길입니다.

그런데 대부분의 부모들은 자식에 대한 목표치를 설정해 놓고, 그 방향으로만 아이를 몰고 가려는 경향이 많습니다. 그것도 대개 공부 쪽으로만요. 자동차라면 이것이 가능합니다. 내비게이션이 가라는 대로만 가면 되니까요. 하지만 사람은 절대 그렇게 되질 않습니다.

결론적으로 아이가 신나 하면서도, 잘하고, 그 일을 해서 경제적으로도 그럭저럭 살아갈 수 있다면 그 분야로 이끌어 주는 것이 행복한 아이로 키우는 비결입니다.

지금 당장 아이가 무엇에 빠져 놀고 있는지를 꼼꼼히 지켜보세요!

패턴이 인생을
결정한다

아이들은 서로 어울려 재미있게 놀다가도 순식간에 별것 아닌 일로 다투곤 합니다. 보통은 가벼운 말다툼으로 끝나지만, 가끔 사내아이들끼리는 주먹다짐을 하기도 합니다.

그런데 어떤 경우에는 친구들에게 일방적으로 늘 맞고 들어오는 아이가 있습니다. 친구들과 재미있게 놀고 있으리라 생각했는데, 내 자식이 상처투성이 얼굴을 한 채 집으로 돌아온다면 부모로서 참으로 속상할 것입니다. 이럴 때 내 아이도 같이 친구를 때리라고 해야 하는지, 아니면 친구들과의 관계를 생각해서 웃어넘겨 버리라고 해야 할지 고민이 되지 않을 수 없습니다. 여러분이라면 어떻게 하시겠어요?

사람의 행동은 늘 일정한 패턴을 보입니다. 이는 사람은 어떤 상황에 처하게 되면 똑같은 행동을 반복한다는 말입니다.

만약 아내를 때리는 남편이 있다고 가정해 봅시다. 때리는 남편이 변명하길, 아내가 자신에게 대들거나 말대꾸를 하기 때문에 자꾸만 주먹이 나간다고 합니다. 이 말은 곧 아내가 남편에게 대들지 않거나 말대꾸를 하지 않으면 아내를 때리지 않는다는 것을 뜻합니다. 결국 아내가 말대꾸를 하지 않으면 남편에게 맞을 일이 없지만, 반대로 말대꾸를 하면 또다시 남편에게 맞을 수밖에 없습니다.

결국 패턴의 문제입니다. 이는 때리는 사람이나 맞는 사람이나 마찬가지입니다. 그러므로 그것을 바꿔야 문제가 해결됩니다.

그런데 보통 공격을 한 가해자는 자신의 행동에 대해 그다지 개선할 생각을 하지 않습니다. 살아가는 데 불편한 것이 거의 없으니까요. 이는 자신이 아픈 줄 모르기 때문입니다.

문제는 피해자인 맞고 들어오는 아이입니다. 친구들의 장난이라고 하기엔 그 아이가 받은 상처가 너무 큽니다. 그는 또래들 사이에서 쉽게 소외되고 자존감마저 떨어집니다. 심리 치료를 위해 정신과를 가야 할지도 모릅니다. 이것은 아이가 성장하는 데 큰 장애 요인으로 작용합니다.

선천적으로 몸이 약하거나 사회성이 부족해 자기 의사 표현을 잘하지 못하는 아이에게 이런 일이 자주 발생합니다. 또한 조급한 부모들 때문에 자신감이 결여된 아이들한테서도 이런 경우가 많습니다.

이럴 때는 일단 내 아이가 혹시 맞을 만한 행동을 한 것은 아닌지,

구체적인 관찰이 필요합니다. 실컷 상대방을 약 올려 놓고 자신이 맞은 것에 대해서만 억울하다고 말하는 경우도 있으니까요. 그런데 만약 그런 경우가 아니라면, 가해 아이의 부모를 만나야 합니다. 그리고 그 부모에게 이렇게 말해 주세요.

"당신 아이가 때리는 즐거움만 알지, 내 아이처럼 맞는 괴로움을 모릅니다."

가해 아이의 부모에게 당신네 아이가 굉장한 잘못을 저지르고 있다는 사실을 경고함으로써 더 이상 내 아이를 때리지 못하도록 단단히 주의를 줘야 하는 것입니다. 조금 큰 아이라면 폭행죄로 경찰서에 고소할 수도, 학교 폭력으로 신고할 수도 있다는 말을 덧붙여야 합니다. 그런데 간혹 아이를 직접 찾아가 위협을 가하는 부모가 있는데, 이럴 경우에는 문제가 더 커질 수 있으므로 조심해야 합니다. 아이 싸움이 결국 어른 싸움으로 이어지게 될 수도 있으니까요.

그리고 내 아이를 적극적으로 옹호해야 합니다. 다른 아이에게 맞고 들어오더라도 "오늘도 또 맞았어?"라고 야단치거나 "바보같이 왜 맞고 다녀?"라고 타박해서는 안 됩니다. 이렇게 되면 문제 해결은커녕 오히려 아이의 기만 더 꺾어 버리는 꼴이 됩니다. 그래서 아이가 더 심하게 맞은 곳은 없는지 일단 세심하게 살펴보아야 합니다. 그러고는 어깨가 축 처진 아이에게 "이 정도면 괜찮아"라고 격려해 줘야 합니다.

그리고 만일 때린 아이를 향해 주먹을 한 대라도 날렸다면 그것에 대해 칭찬해 줘야 합니다. 그럼으로써 자신감을 심어 주는 것입니다. 대신에 또다시 이런 일이 일어났을 때 분명하게 "때리지 마"라고 의사 표현을 하도록 가르칩니다. 그래도 그 자리에서 해결되지 않는다면 주변에 지나가는 어른들에게 도움을 청하도록 하는 것도 한 방법입니다.

또한 장기적으로는 그 가해 아이와 어울리지 못하도록 해야 합니다. 그러려면 때린 아이를 피해 다닐 수밖에 없는데, 그래도 학교나 동네에서 마주칠 수밖에 없습니다. 그래서 그 방법도 안 되면 결국 다른 학교로 전학을 가거나 이사를 해야 합니다. 그런데 전학을 가서 그 문제가 해결된다면 맞은 아이의 잘못이 아니지만, 전학을 가서도 만약 똑같은 문제가 발생하면 맞은 아이에게도 잘못이 있을 수 있습니다.

그런데 전학을 가서도 똑같은 문제가 발생하는 경우가 많습니다. 앞서 말한 것처럼 삶에는 패턴이 있기 때문입니다. 사회에서도 돈이 없다고 하면 사람을 무시하려고 하지, 세심하게 감싸려고 하지 않습니다. 하물며 아직 인격이 성숙되지 않은 학생들끼리는 더욱 그러하겠지요.

입장을 바꿔서 맞은 아이가 소위 '일진'이었다면 이런 일이 생기지 않았겠지요. 오히려 아이들을 거느리고 다녔을 것입니다. 그런데 현실적으로 모든 아이가 일진이 될 수는 없습니다. 그런데 일진이 아니라고 해서 모든 아이들이 다 맞고 지내는 것은 아니잖아요.

현실적으로 학교 폭력, 왕따 같은 문제는 참으로 해결하기가 어렵습니다. 패턴화의 문제이기 때문입니다.

행복이란, 찾으면 보이는 것

그래도 부모는 아이가 그런 상황에 처하지 않도록 지속적으로 대화하고 관찰해야 합니다. 그리고 맞고 들어오는 아이 또한 그 상황을 바꿔 패턴에서 벗어나려고 하는 노력이 절대적으로 필요합니다. 결국 고착화된 패턴이 아이의 인생을 결정할 것이기 때문입니다.

아이 하나
더 낳을까?

요즈음 아파트 놀이터에 가 보면 혼자서 놀고 있는 아이들을 많이 보게 됩니다. 여섯 명의 형제자매들과 함께 부대끼며 커 온 제 입장에서는 그 아이들을 보고 있노라면 '혼자라서 외롭지 않을까' '너무 응석받이로 자라지는 않을까?' 하는 걱정이 들곤 합니다. 외둥이 부모들 역시 이러한 제 의견에 공감하면서 문득문득 '아이 하나를 더 낳을까?' 하는 생각을 아마 떠올릴 것입니다.

1980년대 초 중국은 인구가 10억 명을 넘어서자, 그에 대한 억제책으로 '한 가정 한 자녀 갖기' 캠페인을 전개했습니다. 그래서 중국 내 각 가정에서는 무조건 아이를 하나씩밖에 가질 수 없게 되었습니다. 그러다 보니 부모들은 하나밖에 없는 귀한 자식들을 너무 오냐오냐

행복이란, 찾으면 보이는 것

하면서 키우게 되었고, 그 결과 그 아이들은 자기만 아는 버릇없는 '소황제' '소공주'로 자라났습니다. 이것은 개인주의 심화라든가 고령화, 남초 현상 등 여러 사회 문제를 야기하게 되었고, 그래서 결국 중국은 한 자녀 갖기 정책을 폐기하고 말았습니다. 우리나라 또한 이렇게 되지 말란 법이 있나요?

맞벌이 가정이 많아지다 보니, 아이가 학교에서 돌아온 후 냉장고를 열어 반찬을 꺼내 놓고 혼자서 밥을 꾸역꾸역 먹는 경우가 많아졌습니다. 요즈음 아무리 혼밥이다 해서 혼자서 밥을 먹는 게 유행이라지만, 혼자서 밥을 먹는 것처럼 서러운 것이 없습니다. 비록 부모가 바빠서 못 챙겨 주게 되더라도 형제가 있다면 같이 밥을 먹을 수 있어 그런 기분을 덜 느낄 것입니다.

이뿐만이 아닙니다. 맛없는 밥을 혼자서 먹다 보면 외로운 마음이 들어 여기저기 기웃거리게 되고, 그렇게 되면 중간에 제지하는 사람도 없어 나쁜 유혹에 빠지게 될 확률이 높습니다. 결국 그것이 아이들을 집이 아닌 거리로 내몰리게 하는 요인이 될 수도 있습니다.

부모는 그것도 모르고 하나밖에 없는 자식 제대로 못 챙겨 줬다는 미안함에 꾸지람은커녕 많은 경우 아이에게 돈을 주거나 물건으로 보상해 주려고 합니다. 그러다 보면 결국 혼자인 아이는 저만 알고, 버릇도 없는 응석받이로 자랄 가능성이 높습니다.

예전에는 마을 전체가 나서서 아이 한 명을 다 같이 키웠습니다. 나쁜 짓을 하면 동네 어른들이 나서서 부모 대신 꾸짖어 주기도 했습니다. 엇나갈 행동에 대해 미리 차단하였던 거지요. 대신에 마을을 빛내는 좋은 결과를 내면 온 동네가 자랑스러워했습니다.

축 오상철 씨 차남 사법고시 합격
- 경산 1리 부녀회

그렇지만 핵가족화, 아파트 문화가 당연시된 지금은 그렇게 마을 사람들 전체가 나서서 아이를 돌봐 줄 수 없습니다. 옆집에 누가 사는지도 모릅니다. 오로지 내 가족들만이 직접 아이를 키워야 합니다.

이런 상황 속에서 아빠 엄마가 아닌 다른 가족들, 즉 (외)할아버지, (외)할머니, 삼촌, 고모, 이모 등의 도움을 받을 수 있으면 좋지만, 대다수가 그렇지 못한 것이 우리네 현실입니다. 그러기에 한 집에 서로 의지할 수 있는 형제자매가 있다면 더욱 좋을 수밖에 없을 것입니다.

물론 어떤 부모들은 "아무리 친한 형제간이라도 초등학교에만 들어가도 따로따로 놀고 성인이 되면 오히려 서로에게 부담감만 준다. 그리고 아무리 형제간이라도 인간의 외로움은 막을 수 없다"라고 말할지도 모릅니다. 하지만 형제자매라는 울타리 안에서 관계를 튼튼히 하게 되면, 그 외로움 또한 덜 느끼게 될 수도 있지 않을까요?

자살의 가장 큰 원인은 외로움입니다. 죽고 싶다는 심정이 들었을 때, 그 힘든 이야기를 들어 줄 사람이 없기에 그것이 행동으로 옮겨지는 것입니다. 요즈음 사회문제화 되고 있는 우울증의 발병 원인 중 가

　행복이란, 찾으면 보이는 것

장 큰 이유는 자신의 감정을 부담 없이 나눌 수 있는 사람이 주변에 없기 때문입니다. 만약 자신의 마음을 알아 줄 형제나 자매가 곁에 있다면 자살을 하거나 우울증에 걸리는 사람이 많이 줄어들 것입니다.

또한 형제나 자매끼리 함께 성장한 사람은 이미 공동체 생활에 익숙해져 있습니다. 그래서 내 것을 나눠 주기도 하고, 또 필요한 것이 있으면 상대방에게 요구하기도 합니다. 이렇게 형제자매가 있으면 누군가와 나누는 것을 자연스럽게 터득합니다.

그런데 외둥이로 성장한 사람은 다른 사람과 함께 어우러져 생활을 하게 될 때 아무래도 어색함을 느낄 수밖에 없습니다. 그래서 형제자매가 있어 어려서부터 다른 사람과 어울려 지내는 것에 익숙한 사람과는 달리 공동생활의 적응에 시간이 걸릴 것입니다. 이것은 사회생활을 하거나 부부라는 공동체를 이루었을 때도 마찬가지입니다.

이처럼 아이는 하나만 있는 것보다 둘 이상 있는 것이 장점이 더 많습니다. 그렇다고 예전처럼 '6~7명의 아이를 낳는 것이 더 좋다'고는 말할 수가 없습니다. 아이를 키우는 데 드는 비용과 달라진 환경을 생각하지 않을 수 없으니까요.

물론 농사를 크게 지으면 가을에 수확량이 많고, 반대로 농사 규모가 작으면 나중에 거둬들이는 양 또한 적을 수밖에 없습니다. 저는 아이 낳는 것 또한 마찬가지라고 생각합니다. 다만 무한정 그 규모를 늘린다고 다 좋은 것이 아니기 때문에, 각 가정의 형편에 맞춰 둘이나 셋 정도를 키우면 적당하다고 생각합니다.

사내아이 딸아이
잘 키우는 법

제가 자랄 때만 하더라도 남자가 부엌에 들어가 설거지하는 것이 보편적인 현상은 아니었습니다. 여자 같은 경우에는 결혼하고 나서 직장생활을 하는 경우가 거의 없었습니다. 그런데 지금은 어떤가요? 맞벌이는 필수이고, 남자 또한 주방에 들어가 설거지하는 것이 당연시되고 있지 않나요?

이것은 일하는 남자, 살림하는 여자로 구분되었던 시대가 지나가고 있음을 뜻합니다. 이에 따라 여성의 남성화, 남성의 여성화가 자연스러워지고 있습니다. 온순하고 섬세한 남자를 뜻하는 초식남草食男과 여자처럼 자신의 얼굴에 아낌없이 투자하는 남자를 뜻하는 그루밍족이 있는가 하면, 배불뚝이 아저씨들이 꽃중년으로 다시 태어나고 있습니다. 여자들 또한 찰랑거리는 긴 생머리와 보호 본능을 일으키는 청순가련형에서 벗어나 센 언니(?)를 대변하는 걸크러시가 대세입니다. 남녀의 구분이 모호해지고 있는 것입니다. 이러한 새로운 트렌드에 맞춰 우리 아이를 잘 키우고 싶은 것이 부모 마음입니다. 그러면 지금처럼 성 역할이 모호해지는 시대에 남자아이와 여자아이를 각각 어떻게 키워야 할까요?

그런데 사회적 트렌드가 이렇게 변하고 있음에도 아직까지 우리나라 부모들은 남녀의 전통적인 성 역할에 얽매이는 경우가 많습니다. 딸아이 같은 경우 연약한 척하며 남자에게 기대기보다는 어려운 일도 혼자서 척척 해내고 강인하면서도 자립심이 강한 아이로 컸으면 하면서도, 한편으로는 사람들이 다 함께 있는 자리에서는 자신의 의견을 내는 대신 살짝 미소를 지으며 상대방의 의견에 순응하는, 그야말로 '조신한' 여자로 컸으면 하고 바랍니다. 반면에 아들에 대해서는 딸보다는 학교 성적이나 학벌이 좋았으면 하고, 성격도 고분고분하고 얌전한 것보다 때로는 큰소리도 치면서 리더십 있게 사람들을 휘어잡을 수 있었으면 합니다.

이런 부모들은 여자라면 당연히 음식과 살림을 잘해야 하고, 돈은 남자가 더 많이 벌어야 한다고 말합니다. 마치 결혼할 때 남자는 집, 여자는 혼수를 하는 것이 당연하다고 생각하는 것처럼 말이죠. 그런데 남자와 여자의 이런 구분은 이제 무의미해지고 있다는 것을 부모님들이 알아야 합니다. 이것은 마치 한쪽만 바라보고 세상을 살아가

는 것과 마찬가지입니다.

왼손잡이로 태어난 아이에게 자꾸 오른손을 사용하라고 하면, 힘들어합니다.

"많은 사람들이 오른손을 쓰니까, 너도 꼭 오른손을 써야 해."

이 말이 예전에는 통용되었지만, 지금은 그렇지 않습니다. 오히려 왼손을 주로 쓰되, 오른손을 쓰는 방법도 알려주면 양쪽 손을 다 쓸 수 있다는 이점이 있습니다.

또한 예전에 여자 머리는 미용실에서 다듬고, 남자 머리는 이발소에서 잘랐습니다. 남자 미용사란 직업이 사람들의 머릿속에 없었습니다. 그때는 '미용사'라고 하면 여자의 영역이라고 알았지, 남자가 하면 안 되는 일인 줄 알았거든요. 그런데 지금은 어떤가요? 서울 강남의 유명한 미용실에서는 남자 미용사가 여자들의 머리를 만지는 경우가 많습니다. 그러므로 만약 사내아이가 미용 분야에 관심을 갖는다 하더라도 타박하지 말고, 오히려 "우리 아들이 어쩜 그렇게 머리를 잘 만지는지 몰라" 하면서 칭찬해 주어야 합니다.

남자가 할 일, 여자가 할 일이 따로 정해져 있는 것이 아닙니다. 그러므로 사내아이인 내 아이가 통상적으로 여자들 영역이라고 생각하는 일에 관심을 보인다 하더라도, 또는 그 반대로 여자아이가 흔히 금녀의 영역이라고 하는 일을 하고 싶어 한다 하더라도 그걸 절대 있을 수 없는 일이라고 생각하지 말고, 자신이 좋아하는 것이라면 하도록 지원해 주어야 합니다. 그렇다고 유전자적인 특성까지 무시하라는 말은 아닙니다. 여자는 일반적으로 신체적인 힘이 남자보다 약합니다. 그걸 억지로 무시하고, 여자에게 남자처럼 힘한 일을 무조건 시켜야 한다는 뜻이 아니란 말입니다.

결혼생활도 마찬가지입니다. 여자가 하는 것이 당연시되었던 집안일을 전부 혼자서 하면서도, 밖에 나가서 돈까지 벌어오는 것은 어불성설입니다. 전통적으로 남편이 감당했던 바깥일을 아내도 하고 있다면, 남편 또한 아내가 하고 있는 집안일을 같이 하는 것이 당연합니다. 서로 먼저 배려하고 부족한 부분을 보완해 살아가는 것이 아름다운 사회입니다. 아이들로 하여금 어려서부터 남녀 영역의 구분이 무의미하다는 것을 가르쳐야 합니다.

또한 아들을 키우면서 "남자는 강해야 해" "사내놈이 왜 울어?"라고 말하거나 딸아이에게는 "여자애가 왜 이렇게 방정을 떨어?" "여자가 돼서 옷차림이 왜 그렇게 단정치 못하니?" 등등 남성성이나 여성성을 강제하는 말들을 조심해야 합니다.

어려서부터 이런 말들을 듣고 자라게 되면, 나중에 커서도 자신의 삶을 옥죄게 되는 결과를 낳기 때문입니다. 성장 과정이 왜곡된다는 말이지요. 결국 이런 사람들이 문제 있는 남편, 문제 있는 아버지, 문제 있는 아내나 엄마가 되고 맙니다.

아들을 키우는 데는 같은 남자인 아빠의 역할이 중요합니다. 아들은 아빠의 현재 모습을 따르며 자랄 가능성이 크기 때문입니다. 그래서 아빠들이 적극적으로 나서서 아들 교육에 참여하는 게 좋고, 나

행복이란, 찾으면 보이는 것

쁜 습관이 있다면 고치도록 지도해야 합니다.

그리고 딸을 키우면서는 같은 여자인 엄마의 역할이 중요합니다. 특히, 제2차 성징으로 인해 몸의 변화를 겪는 사춘기에는 더욱 그러합니다. 여자의 신체적 변화와 그에 따른 정신적 혼란은 누구보다도 같은 여자인 엄마가 더 잘 이해할 수 있기 때문입니다.

여자아이를 키우는 데 있어 가장 걱정되는 것은 역시 성범죄입니다. 그래서 어려서부터 누군가 함부로 내 몸에 손을 대려고 하면 '싫어요'라고 자기 의사를 확실하게 표현하도록 가르쳐야 합니다. 그리고 많은 여성들이 '사랑'이라는 미명 아래 성관계를 억지로 받아들이는 경우가 있다고 합니다. 그건 사랑이 아닙니다. 내 의사에 반하는 성적 행위는 범죄입니다. 그래서 몸에 대한 자신의 권리를 확실히 표시하도록 해야 합니다.

호신술을 가르치는 것도 한 방법입니다. 그리고 남자도 마찬가지이지만, 피임 교육을 확실히 해야 합니다. 피임 교육은 원하지 않는 임신으로 인한 정신적, 육체적 피해를 줄이기 위한 방안이기 때문입니다.

그래서 결론적으로 남자아이는 남자로서의 용기와 당당함은 가지고 살아가되, 여자가 가지고 있는 섬세함이나 부드러움 등을 지니는 것도 필요합니다. 여자아이 또한 리더십 있고, 자기주장이 확실한 아이로 키워도 됩니다.

"우리 아들은 참 여성스러운 데가 많아요."

이 말을 자랑스럽게 할 줄 아는 부모가 되어야 합니다.

인순이를 보고
배워라

요즈음 우리 주변을 보면 한국인과 외국인이 결혼해 다문화 가정을
이룬 부부들이 참으로 많습니다. 한 조사 결과에 의하면 10쌍 중 1쌍
이 다문화 가정이라고 하니 정말 높은 수치이지요.

이런 다문화 가정에서 태어난 아이는 벌써 피부색에서부터 일반적
인 한국인 아이와 차이가 납니다. 그래서 이 아이가 자라 학교에 들어
가게 되면 짓궂은 아이들에게 놀림을 당하는 경우가 아직까지는 간혹
있는 것 같습니다. 그러면 학교에서 돌아온 아이는 엉엉 울면서 엄마
한테 물어봅니다.

"엄마! 나는 필리핀 사람이야, 한국 사람이야?"

아이의 정체성에 혼란이 오는 거지요. 한국에서 태어나 자랐고 한

행복이란, 찾으면 보이는 것

국식 이름을 가지고 있으니 겉으로는 한국 사람인 거 같은데, 친구들은 자꾸 피부가 까맣다고 놀려 대니 말이에요. 이럴 때 필리핀 엄마는 참으로 속상합니다.

피부색이 다른 다문화 가정의 아이는 사실 아무런 잘못이 없습니다. 제 의지로 태어난 게 아니니까요. 다만 아직까지 사회적 인식이 따라가지 못해 종종 문제가 발생하는 것입니다.

제가 자랄 때만 해도 '튀기'라는 단어가 있었습니다. 우리나라 여자와 흑인 또는 백인 남자 사이에 태어난 혼혈아를 뜻하는 말이었습니다. 그 말을 듣는 아이 입장에서는 굉장히 상처를 받았겠지요. 그런데 지금은 이 단어를 사용하는 사람이 거의 없습니다. 그만큼 혼혈인에 대한 인식이 좋아졌다는 뜻입니다. 그래서 지금의 다문화 가정에 대한 편견 또한 사회 인식이 개선되어 가는 과정 속에서 벌어지는 과도기적 어려움이라 할 수 있습니다.

1863년에 링컨이 노예 해방을 선언함으로써 미국에서 흑인 노예는 공식적으로 사라지게 되었습니다. 하지만 그렇다고 그 즉시로 백인 주인과 흑인 노예에 대한 사회적 인식이 바뀐 것은 아닙니다. 이후에도 오랫동안 한 버스를 타더라도 백인과 흑인이 구분해서 좌석에 앉아야만 했을 정도로 흑백 간 차별은 엄연히 존재했습니다. 심지어는 같은 하나님을 믿는 교회에서조차 백인과 흑인이 따로 예배를 드리기도 했습니다. 이에 마틴 루터 킹 목사 같은 흑인 지도자들이 인종 차별 철폐를 외치고, 수많은 사람들이 그에 동참해 의식을 바꿔 나간 덕분에 이제는 흑백 차별이 거의 사라졌다고 할 수 있습니다.

하지만 그럼에도 아직 앵글로색슨족으로 대표되는 백인 우월주의를 주장하는 사람들이 있는 게 미국의 현실입니다. 특히나 미국은 여러 인종이 섞여 자연스럽게 어울려 사는 대표적인 다문화 나라인데도 이 정도입니다.

그에 비해 우리나라는 오랫동안 단일민족이라는 자부심과 긍지를 갖고 있었습니다. 그러다가 20여 년 전부터 외국인 근로자들이 우리나라에 들어와 일하게 되었고, 그들이 한국인과 결혼해 살면서 이제는 같은 한국인으로 융화되어 가는 과정 속에 있습니다. 그러니 아직 다문화 가정에 대한 사회적 인식이 부족할 수밖에 없지요. 그 과도기를 잘 견뎌 내야 사회 문제로 비화되지 않습니다. 그러려면 일단 지속적으로 다문화 가정에 대한 인식 개선을 위해 함께 동참해야 합니다. 사람의 생각은 하루아침에 바뀔 수 없습니다. 그래서 꾸준한 인식 개선을 위한 노력이 필요합니다.

한 통계에 의하면, 다문화 가정의 18세 이하 아이들의 수가 20만 명을 넘어섰다고 합니다. 우리 주변에 사는 전체 외국인 중 10퍼센트를 웃도는 수치입니다. 이제 다문화 가정에 대한 배타적이고 차별적인 시선을 거두고, 같은 민족으로 품을 수 있는 인식 전환이 필요합니다.

얼굴 생김과 피부색이 조금 다르다는 이유로 어릴 때부터 왕따를 당하게 되면, 사춘기 때 극심한 정체성 혼란을 겪음으로써 그것이 일탈 행동으로 이어지게 되고, 결국에는 사회 문제로 비화될 수밖에 없

행복이란, 찾으면 보이는 것

습니다.

우리나라와 마찬가지로 일본 또한 다문화인들이 많이 있다고 합니다. 일본인들도 처음에는 우리나라처럼 단일민족 국가라는 인식이 강해 이 다문화인들에 대해 차별을 많이 했다고 하네요. 그렇지만 지금은 오히려 그것을 자랑스럽게 생각하며 사회의 다양한 분야에서 활동하는 다문화인들이 많다고 합니다. 그렇게 될 수 있었던 것은 일본인들의 포용력이 한몫했을 것입니다. 우리나라 사람들 또한 다문화 가정의 아이들이 진정한 한국인으로 이 사회에 정착하도록 도와주는 것이 필요합니다.

다문화 가정의 아이 가운데 학교생활에 부적응하거나 왕따를 당하는 경우를 종종 보게 됩니다. 그런데 다문화 가정의 모든 아이들이 왕따를 당하는 것은 아닙니다. 마찬가지로 일반적인 한국인 가정의 아이라고 해서 왕따를 당하지 않는 것도 아닙니다. 그래서 다문화 가정의 아이냐, 한국 아이냐는 왕따 문제의 본질이 될 수 없습니다.

인간이란 종족은 본래 자신에게 이익을 가져다줄 것 같으면 같이 어울리려고 하고, 별로 이익을 줄 것 같지 않으면 그다지 가깝게 지내려고 하지 않습니다.

그래서 다문화인으로서의 장점을 최대한 살려 한국 아이들에게 먼저 다가가려고 노력해 보도록 아이를 교육시켰으면 합니다. 즉 다문화 가정의 부모들은 대개 한국어만을 가르치려는 경향이 많아 모국어를 전혀 못하는 다문화 아이들이 많은데, 이건 잘못된 것이라고 생각합니다. 그 아이에게 외국인으로서의 장점을 살리도록 교육해야 합니다. 아이에게 한국어뿐만 아니라 모국어를 함께 가르쳐 준다면 그 아이는 2개 언어를 구사할 능력이 생깁니다. 그러면 다른 친구들과 어울릴 때에도 유리합니다.

"앗살라무 알라이꿈(안녕하세요)!"

만약 방글라데시인 엄마를 둔 아이가 친구에게 이런 말을 하면서 다가온다고 생각해 보세요.

"그게 어느 나라 말이야? 무슨 뜻이야?"

아이들 또한 신기해하며 다가갈 수 있을 것입니다. 영어를 사용하는 필리핀에서 엄마가 시집 왔다면 더 유리할 수 있습니다. 영어를 가르쳐 준다는 명목으로 아이들을 자기편으로 끌어들일 수 있으니까요. 굳이 학원에 가지 않고도 영어를 배운다면 엄마들 또한 좋아할 것입니다. 자신의 장점을 살려 친구들로 하여금 호감을 갖도록 해야 합니다. 그렇게 된다면 이 아이들이 외국인 부모를 통해 접한 이중 언어 능력과 글로벌 감각을 바탕으로 국제화 시대를 선도하는 미래형 인재가 될 것입니다.

롤 모델을 설정해 주는 것도 아이의 정체성 확립에 도움을 줍니다. TV에 나오는 아이돌 그룹을 보고 많은 청소년들이 가수를 꿈꾸듯이, 롤 모델의 영향력은 파급 효과가 상당합니다. 'IMF 외환위기'라는 어려운 시절에는 골프 선수 박세리와 야구 선수 박찬호를 자신의 롤 모델로 삼아 꿈을 키웠던 박세리 키즈와 박찬호 키즈가 있었습니다.

노래 잘하는 가수로 잘 알려진 인순이 씨 역시 다문화 가정 출신입니다. 그녀는 한국인 어머니와 주한 미군으로 근무했던 아프리카계 미국인 아버지 사이에서 태어났습니다. 그녀가 자랄 당시만 하더라도 사람들 사이에 다문화 가정에 대한 편견이 심했기에 인순이 씨 또한 튀는 외모 때문에 하도 놀림을 받아 학교 가기를 두려워할 정도로 많은 어려움을 겪었다고 합니다. 그렇지만 그 숱한 어려움을 극복하고 편견을 이겨 낸 끝에, 이제 그녀는 당당히 한국을 대표하는 여가수 중 한 명으로 활동하고 있습니다.

이처럼 아이로 하여금 훌륭하게 성장한 다문화 가정 출신의 인물을 롤 모델로 정해 놓고 그 사람처럼 될 수 있도록 노력해 보라고 말해 주세요. 그러다 보면 아이가 정체성 혼란 없이 긍정적이고 밝은 대한민국 사람으로 성장해 나갈 것입니다.

신 '맹모삼천지교'

간혹 제게 "목사님, 제 아이가 공부를 해도 성적이 나오지 않아 속상해요. 아이가 공부를 잘하게 하려면 어떻게 해야 하나요?"라고 묻는 사람들이 있습니다.

제가 생각하기에 중고등학교의 공부 수준은 그렇게 높지 않습니다. 그래서 아이가 집중해 제대로만 하면 공부를 잘할 수밖에 없습니다. 공부를 제대로 안 하기 때문에 성적이 나오지 않는 것입니다. 그렇게 된 데에는 '분위기', 즉 공부 환경을 무시할 수 없습니다.

책을 읽는 부모에게서 책 읽는 아이가 나오는 법입니다. 엄마 아빠가 핸드폰으로 드라마 보고, 게임하면서 아이에게 공부를 강요할 수는 없습니다.

맹모삼천지교孟母三遷之敎라는 말이 있지요. 맹자 엄마는 자식 교육을 위해 세 번씩이나 이사했습니다. 그때 맹자 엄마가 이사하지 않았더라면 맹자는 커서 장의사가 되었거나 한낱 장사꾼에 머물고 말았을 것입니다. 서당 옆으로 이사했기에 훗날 뛰어난 학자가 되었던 것입니다. 그만큼 인간이 성장하는 데 있어서 환경은 무척이나 중요합니다.

텔레비전에 빠져 있는 아들에게 짜증난 엄마는 이렇게 소리 지릅니다.

"너, 나중에 커서 뭐 되려고 그래? 누구 때문에 엄마 아빠가 이 고생을 하는데……, 제발 철 좀 들어라!"

이 말을 듣는 아이는 아직 철이 안 들어서 그렇다 치더라도, 철 들었다고 하는 엄마는 왜 텔레비전이나 핸드폰에 빠져 있습니까? 이 엄마에게는 '자기 인식'이라는 것이 없습니다. 즉 엄마가 이렇게 행동함으로써 아이에게 어떤 영향을 미치는 줄 모르는 것입니다. 만약 엄마가 자기 인식이 있다면 결코 이렇게 행동하지 않을 것입니다. 공부하는 부모 밑에서 공부하는 자식이 나온다는 사실을 다시 한번 명심해 주세요. 그럼 어떻게 하면 내 아이로 하여금 공부를 잘하게 할 수 있을까요?

중고등학교에서는 국어, 영어, 수학 등 총 열 과목 내외를 공부합니다. 일단 그 과목들의 책들을 한 줄로 쭉 늘어놓습니다. 그러고는 그중에서 아이가 그나마 잘하는 과목을 맨 위에 올려놓습니다. 그리고 나머지 과목들 또한 좋아하는 순서대로 올려놓으면 됩니다.

그러고 나서 아이에게 첫 번째 책을 집도록 합니다. 그리고 이때가 중요한데, 아이로 하여금 책 한 권 전체를 읽을 때까지 절대로 자리에서 일어나지 못하도록 해야 합니다. 내용을 이해하고 못하고는 상관 없습니다. 일단 교과서를 끝까지 읽는 것이 중요합니다. 한 권을 읽는 데 두세 시간이면 충분합니다. 책을 다 읽으면 아이가 이렇게 소리칠 것입니다.

"야, 다 읽었다!"

아이가 책을 다 읽고 나면 부모는 그에 상응하는 보상을 해 줘야 합니다. 아버지가 직장에서 일한 대가로 월급을 받듯이, 아이 또한 공부한 대가로 보상받는다는 것을 인식시켜 줄 필요가 있습니다. 그런데 요즈음 대부분의 부모들은 아이가 공부를 하든지 안 하든지 상관없이 용돈을 주고, 갖고 싶다고 하는 게임기를 다 사 줍니다. 그건 아주 잘못된 것입니다. 어려서부터 '심고 거두는 원리'를 가르쳐 줄 필요가 있습니다.

반드시 아이가 책을 읽고 난 후에 용돈이 필요하다고 하면 아이에게 돈을 주고, 갖고 싶은 물건이 있다면 그걸 사 주세요. 그럼 그 맛(?)에 빠진 아이는 돈이 다 떨어지거나 갖고 싶은 물건이 생기면 다시 책상 앞으로 가서 의자에 앉게 될 것입니다. 이 과정을 몇 차례 정도 반복하면 아무리 머리가 나쁜 아이라 하더라도 책 내용을 외울 수밖에 없습니다.

그리고 두 번째로는 학교나 학원의 선생님께서 수업시간에 말씀하시는 것을 전부 노트에 적도록 해야 합니다. 심지어는 농담까지도 써야 합니다.

"선생님이 군대 시절에 말이야……."

선생님이 군대 시절에 말이야…….

그걸 잘 듣다 보면 선생님께서 분명히 이런 말씀도 하실 것입니다.

"잘 들어라, 이거 중요한 거다."

사람은 자신이 중요하다고 생각하는 것에 대해서는 강조하는 경향이 있습니다. 그래서 선생님께서 중요한 것이라고 말하는 내용들은 대부분 시험 문제로 나올 수밖에 없습니다. 그러므로 이 말이 나오게 되면 더 귀를 쫑긋 세우고 들으면서 노트에 하나도 빠짐없이 필기해야 합니다.

이 두 가지 방식을 습관화시키면 대부분 공부를 잘합니다. 그리고 사실 이 방법들은 이미 일류대학에 들어간 학생들이 실천했던 공부법이기도 합니다.

그런데 만약 이런 방식으로 공부를 했는데도, 아이의 성적이 안 나오면 어쩌냐고요? 그래도 너무 걱정할 필요가 없습니다. 왜냐하면 '내 아이가 공부에는 재능이 없다'는 것이 분명해진 것이니까요. 그럼 부모는 아이로 하여금 빨리 공부를 그만두게 하고, 다른 분야에서 재능을 찾아보도록 권유해야 합니다. 그 방법이 부모도, 아이도 스트레스받지 않고 행복하게 살 수 있는 길입니다.

부부가 함께하는
자녀교육

사랑하는 남녀들 가운데 '저 사람은 나를 좋아하니까, 나랑 생각하는 것도 비슷할 거야'라고 막연하게 짐작하고 결혼을 하는 경우가 의외로 많습니다. 그런데 이것이 겉으로 드러난 취미나 식성 등에 한정된 것일 수도 있습니다. 그러므로 결혼 전에 서로가 생각하는 것들, 이를테면 인생관이나 자녀관, 교육관 등에 관해 충분히 이야기를 나누어야 합니다. 그중에서도 교육관의 일치는 참으로 중요합니다. 두 사람 사이에 태어난 자녀의 미래를 결정짓는 것이기 때문입니다.

자녀를 잘 키우고자 하는 마음은 같지만, 서로 자라 온 환경이 다르기에 부부 사이에도 교육관이 다를 수 있습니다. 그러므로 결혼 전에 이런 이야기들이 제대로 논의되지 않았다면 아이가 태어나기 전에라

행복이란, 찾으면 보이는 것

도 이런 중요한 문제들에 대해 서로 충분히 의견을 나눠야 합니다. 만약 이런 것이 제대로 이야기되지 않은 상태에서 아이를 낳고 키우다 보면 중요한 교육적 결정, 즉 학원을 보내거나 조기 해외 유학 같은 결정을 내려야 할 때 부부끼리 언쟁이 높아질 수 있습니다.

그리고 이것에 대한 합의가 제대로 이루어지지 않으면 가족 간에 큰 문제가 생길 수밖에 없습니다. 어떤 집은 부모는 배제된 채 무조건 아이 위주로만 가정이 움직이거나 또 어떤 집은 부모가 아이를 양육한다는 미명 아래 아이의 의견을 무시하기도 할 테니까요.

저는 가족의 구성원인 아빠와 엄마, 아이 각자의 인생도 중요하지만 전체로서의 가족 공동체가 더 중요하다고 생각합니다. 그래서 만약 제 아내가 아이를 미국으로 조기유학 보내고 싶어 한다 하더라도, 저는 아이를 보내지 않을 것입니다. 저는 가족은 함께 있어야 한다는 생각을 가지고 있거든요. 어려서부터 아이를 유학 보내게 되면 그 가족 공동체는 무너지고 말 것입니다. 아이의 인생이 중요한 만큼, 부모로서 아빠와 엄마의 인생 또한 중요합니다.

어렸을 적부터 아이를 외국으로 유학 보내게 되면, 어린 자식 혼자 이역만리 머나먼 곳으로 보낼 수 없기에 뒷바라지를 위해 엄마가 따라가게 되고, 아빠는 그 체류 비용을 대기 위해 한국에 남아 직장에 다니거나 사업체를 운영하는 게 보편적입니다. 그리고 그렇게 번 돈 중 만만치 않은 금액(최소 400만~500만 원)을 유학 중인 자녀와 아내에게 보냅니다. 그런데 여기에 남아 돌봄을 받지 못한 대다수의 아빠는 무너질 수밖에 없습니다. 끼니를 제대로 챙겨 먹지 못해 건강이 급격히 나빠지거나 외로움을 견디지 못해 바람을 핀다는 뜻입니다. 심지어는 자살에 이르는 경우도 많습니다. 이것이 오랫동안 사회문제화 되고 있는 기러기 아빠의 실상입니다.

엄마 또한 마찬가지입니다. 그동안 남편과 아이를 모두 챙겨야 한다는 부담감에서 벗어나 아이에게만 신경 쓰고 나머지 시간은 자신을 위해 쓰다 보면 다른 곳으로 눈이 돌아갈 수도 있습니다. 습기 찬 곳에 음식을 두면 곰팡이가 피게 마련입니다. 또한 거리차로 인해 부부 사이에 몸이 멀어지다 보면 마음까지 멀어지는 경우도 많습니다. 그로 인해 발생되는 여러 가지 문제점들을 그때그때 풀지 못한 두 사람의 사이는 더욱더 멀어지게 됩니다.

어려서부터 유학 생활을 시작한 아이 역시 한국인도, 미국인도 아닌 어정쩡한 상태로 자라 청소년 시절이 되면 정체성에 혼란을 겪게 되면서 방황하는 경우를 많이 봤습니다. 또한 설령 자신이 졸라서 유학을 선택했다 하더라도, 현지 아이들과의 경쟁에서 제대로 못 따라가게 되면 부모 탓을 쉽게 합니다. 괜히 어린 자신을 만류하지 않고 미국까지 가도록 해 불행하게 만들었다고 하면서 말이죠.

물론 아이가 어린 시절에 유학을 가서 잘되는 경우도 있습니다. 하지만 그 아이는 미국으로 유학을 가지 않았다 하더라도 우리나라에서도 충분히 잘했을 것입니다. 아이가 잘된 경우는 특수한 사례에 해당하지요. 대다수는 그렇지 않은 게 현실입니다. 유학생들이 학업을 마

치고 나서 많은 경우 우리나라로 되돌아오는 것이 그 증거입니다.

　미국인들도 인정하는 출중한 실력을 갖추었다면 현지 기업체에서 서로 일해 달라고 스카우트 제의가 쏟아졌을 것입니다. 아이 또한 현실적으로 여러 가지 환경이 더 나은 미국에 정착하는 것을 더 선호했을 거고요. 그렇지만 실력이 부족하다 보니 일자리를 찾아 어쩔 수 없이 다시 한국으로 되돌아오게 되는 것입니다. 일부에서는 우리나라의 발전에 기여하기 위해 다시 한국으로 되돌아온다는 명목을 내세우기도 하지만, 지금이 50, 60년대도 아니고 애초부터 글로벌 시민을 꿈꾸었던 사람이 그런 말을 한다는 것은 거의 변명에 지나지 않는다고 봅니다.

　우리나라에서 '영어'를 잘하면 직장생활을 하거나 사업을 할 때 분명히 이점이 있습니다. 하지만 가족 전체의 삶을 놓고 본다면 '영어'가 그렇게 중요할까요? 미국에서는 노숙인도 영어를 잘합니다. 영어는 단지 하나의 언어에 불과합니다. 따라서 영어를 어떻게 활용하느냐에 따라 효용성이 생기는 법입니다. 그럼 어떻게 하면 영어도 잘하고, 가족 공동체도 살릴 수 있을까요?

　미국이나 호주, 필리핀 같은 영어권 국가들은 이미 '홈스테이 homestay' 제도가 아주 잘 되어 있습니다. 영어가 모국어가 아닌 사람들이 현지인의 집에 유숙하면서 단기간에 걸쳐 영어를 배우는 제도입니다. 그래서 초등학교나 중고등학교 때에는 방학을 이용해 이 제도를 활용해 보길 권합니다. 그러다가 성인이 되어서도 영어가 더 필요하다는 판단이 들면, 그때 아이를 유학 보내면 됩니다. 어차피 성인이 되면 자식은 부모로부터 독립을 해야 하는데, 이때를 이용해 자연스럽게 독립을 시키는 것입니다.

그러면 엄마도 굳이 자식의 뒷바라지를 위해 외국에 같이 따라갈 필요가 없게 됩니다. 이때는 오히려 주체적으로 혼자서 모든 일을 해 나가도록 지지해 주고, 경제적으로 약간의 도움만 주면 됩니다. 그러면 아이가 정체성 혼란을 겪을 일도 없을 것이고, 왕따의 위협으로부터도 한결 더 자유로울 것입니다. 그리고 공부를 마치고 나서도 미국에 더 머무를 것인지, 한국으로 돌아올 것인지도 훨씬 자연스럽게 선택할 수 있습니다. 그래서 아이가 유학을 가고자 한다면, 20살이 넘은 다음에 보내기를 권합니다. 그것이 가족 모두를 위한 길입니다.

어떤 것에 대한 의견이 다를 때는 서로 진솔한 대화를 통해 그것을 조율하는 과정이 반드시 필요합니다. 당장 합의에 이르지 못할 때는 기다려 줄 줄도 알아야 합니다. 특히 가정을 이끌어 가야 하는 부부끼리 의견이 다를 때는 더 신중해야 합니다. 교육관이 다를 때도 이와 마찬가지입니다.

부부가 서로의 교육관에 대해 먼저 심도 있게 대화를 나눠 의견 일치를 봐야 합니다. 그래야 설령 나중에 아이가 잘못된다고 하더라도 서로에 대한 원망이 줄어들 것입니다.

귀여운 토끼야,
어서 와!

제가 자라던 때만 하더라도 먹을 것이 귀하디 귀한 시절이라 밥을 '많이' 먹는 것이 참 중요했습니다. 부모도 그래서 아무리 제 자식이 살이 많이 쪘다 하더라도 별로 걱정을 하지 않았습니다. 어릴 적 찐 살은 크면 다 키로 간다고 하면서 말이죠. 그렇지만 이건 잘못된 것입니다.

어려서부터 뚱뚱한 아이들은 어른이 되어서도 비만인 채로 살아가는 경우가 많습니다. 더군다나 요즈음처럼 먹을 것이 넘쳐나는 때에는 이 말이 더더욱 맞지 않습니다. 그래서 어린 시절에 뚱뚱한 것은 더이상 미덕이 아닙니다.

'비만'이라고 하면 흔히들 "살이 쪘다"라고 말합니다. 그런데 살은 근육이므로 정확하게 말하면 기름이 찐 것입니다. 기름은 어떤 의미

행복이란, 찾으면 보이는 것

로는 일종의 염증입니다. 건강에 좋을 리가 없죠.

그래서 뚱뚱한 아이는 고지혈증이나 당뇨, 고혈압 등을 가지고 있는 경우가 많습니다. 다리와 척추에도 문제가 생길 수 있습니다. 특히 예민한 학창 시절에 뚱뚱하다는 이유로 아이들로부터 "돼지" "나는 돈가스"라는 놀림을 받게 되면 의기소침해지거나 왕따를 당할 수도 있습니다.

아이들도 이런 것들에 대해 걱정을 합니다. 그래서 "안 먹고 싶은데, 자꾸만 먹을 거에 손이 가요"라고 하소연합니다. 부모 또한 먹을 것을 늘 손에서 놓지 않는 아이를 보면 걱정됩니다. 어떻게 하면 아이 스스로 식탐을 절제하고, 부모는 아이의 그 식탐을 절제시킬 수 있을까요?

비만인 아이는 집에 오면 일단 냉장고부터 엽니다. 그렇게 습관이 든 것이지요. 더군다나 부모가 맞벌이인 경우, 아이가 학교에서 돌아오면 집에서 반겨 주는 것은 냉장고밖에 없습니다. 냉장고가 유일한 친구인 셈이죠. 아이의 욕구 불만이 먹는 걸로 터지는 것입니다. 자연스럽게 냉장고 문을 열고 그 안에 들어 있는 음식을 절제 없이 먹습니다. 게임을 하거나 TV를 보면서 말이죠. 이런 아이는 균형 감각을 상실한 상태입니다.

어떤 아이는 밥 한 공기만 먹어도 충분한데, 비만인 아이는 두 공기를 먹어야 적당하다고 생각합니다. 어쩔 때는 밥 두 그릇을 먹고 나서도 배가 고프다고 느낍니다. 그런데 '아직도 배가 고프다'는 이 느낌을 믿어서는 절대 안 됩니다. 지금 배고픈 느낌이 든다고 해서 음식을 결코 조금 먹은 게 아니라는 말입니다. 그건 단지 위가 늘어난 것에 불과합니다. 다시 말하면, 충분히 먹었음에도 배가 고프다는 생각이 드는 건 위를 너무 늘려 놓았기 때문입니다. 그건 비정상입니다.

그런데 많은 경우 배가 부름에도 식욕이 당긴다는 이유로 계속해서 음식을 먹습니다. 그러면서도 자신이 잘 먹고 있다고 생각하는 사람은 별로 없습니다. 건강에 해로운 담배를 계속해서 피우면서 자신이 담배를 잘 피우고 있다고 생각하는 사람은 별로 없듯이 말입니다. 대개 "그만 먹어야지" 하면서도 음식을 먹고, "끊어야지" 하면서도 담배를 피웁니다. 자기 의지에 반해 음식을 먹고, 몸에 해로운 담배를 피운다는 걸 알면서도 그걸 계속해서 하는 것입니다. 그런 것들이 비만이나 폐암이라는 결과로 드러나게 됩니다. 이런 결과들은 하루아침에 된 것이 아니라, 어린 시절부터 차츰차츰 쌓여서 이 지경에 이르게 되는 것입니다. 그걸 빨리 자각해야 합니다.

그런데 설령 그것이 잘못되었다는 것을 알아차린다 하더라도 쉽게 거기에서 빠져나오지 못할 것입니다. 아이 같은 경우, 아직 자제력이 부족하기 때문입니다. 이건 어른도 힘듭니다. 이럴 때는 충격 요법이 필요합니다.

한 애연가가 있었습니다. 담배가 몸에 해롭다는 것을 알기에 남들도 그렇게 끊으라고 하고, 더군다나 본인도 끊고 싶어 했습니다. 그런데 주위에서 아무리 그렇게 말해도 그는 담배를 끊을 수가 없었습니다. 그래서 그 애연가는 '죽을 때까지 내가 담배를 끊지 못하겠구나'라며 체념했습니다. 그러던 어느 날, 그 애연가한테서 기침이 잦아졌습니다. 몸의 이상함을 느낀 그는 의사를 찾아갔습니다. 그랬더니 의사 왈.

행복이란, 찾으면 보이는 것

"폐암 초기입니다. 담배부터 끊으셔야 해요."

애연가는 그날로 담배를 끊었습니다. 그동안 담배를 못 끊은 게 아닙니다. 절실함이 없었을 뿐입니다. 이게 바로 충격 요법입니다.

아이에게 쓸 수 있는 방법은 좋아하는 이성에게 "넌 뚱뚱해서 싫어"라는 말을 듣게 하는 것입니다. 요즈음에는 이성에 대한 관심이 빨라졌기에, 이 말을 듣고 충격에 빠지지 않을 아이는 아마 없을 것입니다. 이때부터 아이가 음식에 대해 절제할 수 있습니다. 심한 경우 음식을 거부할 수도 있습니다. 물론 그렇게 되면 오히려 아이의 건강을 해치는 꼴이 되겠지요. 그러면 아이의 살을 건강하게 빼려면 어떻게 해야 할까요? 동의보감에는 이런 말이 있다고 합니다.

"밤늦은 시간에 배부르게 먹지 않도록 해야 한다."

늦은 밤에 먹는 피자나 치킨은 칼로리가 높기에 치명적입니다. 따라서 절대 저녁식사 이후로 음식을 먹게 해서는 안 됩니다.

그런데 앞서 말한 충격 요법을 쓴다고 아이의 의지력을 키워야 한다며, 밤에 일부러 음식을 시켜 엄마 아빠만 먹는 경우가 있습니다. 이건 절대 부모로서 해서는 안 되는 행동입니다. 어른도 참기 힘든 것이 음식 앞의 유혹인데, 자제력이 없는 아이는 그만 울음을 터뜨려 버릴 것입니다.

그리고 두 번째로 식사는 양이 아니라, 제대로 먹는 것이 중요합니다. 밥을 국처럼 후루룩 마신다든지, 무조건 고기 위주의 식사를 한다는지, 밥을 먹은 후에 곧바로 눕는다든지 하는 것은 절대적으로 잘못된 것입니다. 이것이 잘못되었다는 것은 누구나 압니다. 하지만 고치기가 어렵습니다. 이미 식습관이 몸에 배어 버렸기 때문입니다. 그러므로 어려서부터 아이의 식습관을 올바르게 잡아 주는 것이 중요합니다. 비료를 많이 준다고 배추가 잘 자라는 것이 아닙니다. 잘 자라는 시기에 적절한 양을 공급해 주어야 합니다.

그리고 살이 쪘다고 너무 아이에게 스트레스를 줘서는 안 됩니다. 지나친 잔소리는 또다시 아이에게 스트레스로 작용해 아이로 하여금 냉장고 문을 열게 하는 요인이 될 수 있습니다. 오히려 냉장고에 음식을 꽉꽉 채워 놓지 말아야 합니다. 더군다나 비만인 사람은 먹는 것에 대해 어색해해야 합니다. 끊임없이 먹는 것이 자연스러우면 결코 비만에서 탈출할 수 없습니다.

야생동물들에게는 비만이 없다고 합니다. 생존을 위해 자신을 위협하는 동물을 피해 다니느라 배가 터질 정도로 먹지 않고, 적당히 먹다 보니 그렇게 된 것입니다. 그리고 열심히 움직입니다. 비만인 사람은 이렇게 많이 움직여야 합니다. 아이가 매일 먹던 과자를 중단하게 하고, 아이와 함께 아파트 계단을 오르락내리락 해 보세요. 함께 운동하다 보면 아이의 살도 자연스럽게 빠지고, 건강도 되찾고, 가족 간의 관계도 더 돈독해질 것입니다.

이처럼 식습관은 물론이거니와 아이와 가족들의 생활 패턴까지도 바꿔 주어야 내 아이가 비만에서 탈출해 뚱뚱한 돼지가 아닌, 귀여운 토끼로 다시 돌아올 수 있습니다.

행복이란, 찾으면 보이는 것

사춘기 부모로
사는 법

인간은 생애주기별 발달 단계를 따라 성장합니다. 보통 영유아기, 아동기, 청소년기, 성년기/중년기, 노년기로 나뉘는데, 그중에서 청소년기에는 '사춘기'가 포함되어 있습니다. 이른바 '질풍노도의 시기'라고 하죠. 특히 중학교 시절에는 그 증상이 심하게 나타나는 경우가 많습니다.

어른들이 보기에 한없이 유치하고 괴상한 행동들을 하고는 저들끼리 "낄낄"거립니다. 오죽하면 우스갯소리로 북한에서 우리나라를 못 쳐들어오는 이유가 "중학교 2학년들" 때문이라고 하고, 그것을 가리켜 "중2병"이라고 하겠어요? 그만큼 도무지 무슨 행동을 할지 예측할 수 없다는 거지요. 이와 더불어 사춘기 때에는 짜증과 "예, 아니오"로 끝나는 단답형 대답이 급격하게 늘어납니다.

작년까지만 하더라도 엄마 옆에 딱 달라붙어 하도 조잘조잘 대는 바람에 "조용히 좀 해!"라고 버럭 소리 지르기 바빴던 엄마로서는 이제 마치 딴 사람이 된 듯 침묵을 지키는 아이를 보면 속이 상할 수밖에 없습니다. 또한 얼마 전까지만 해도 뭐든지 "엄마, 이게 어떻게 해?"라고 귀찮을 정도로 물어봤는데, 이제는 뭘 좀 해 주려고 해도 "내가 알아서 해요. 가만히 내버려 둬요"라고 말하면서 자기 방문을 '꽝' 하고 닫아 버리기 일쑤입니다. 여기에다가 성적까지 떨어지면 부모의 속은 그야말로 썩어 문드러지기 일보 직전이 됩니다. 하지만 사춘기를 겪는 것은 인간 발달 중 당연한 과정입니다.

미국의 한 뇌과학자의 이론에 따르면, 사람의 뇌는 파충류의 뇌, 구포유류의 뇌, 신포유류의 뇌 등 세 부분으로 구성되어 있다고 합니다. 그리고 이것이 거의 20살에 이르러서야 완성이 된다고 합니다. 그때서야 비로소 뇌 발달이 다 이루어져 어른이 되는 것입니다.

사춘기는 이처럼 아직 뇌가 발달해 가는 시기입니다. 키가 급격하게 크고 목소리가 굵어지고 코에 수염이 거뭇거뭇 난다고 해서 어른이 된 것이 아니라는 말입니다. 따라서 사춘기는 아직 더 성장해야 할 아이에 불과합니다. 결코 '작은 어른'이 아닙니다. 그렇다고 해서 아이의 말과 행동을 무시하라는 것이 아니라, 그 시기의 까칠함에 대해 너무 예민하게 받아들일 필요가 없다는 뜻입니다.

그런데 이러한 사실을 제대로 알지 못해 "유독 너만 왜 이렇게 유별나고 보내느냐?"며 사춘기를 겪고 있는 아이를 질책하는 부모를 종종 보게 됩니다. 물론 순간 짜증이 나서 그렇게 반응한 것이 대부분이겠지만, 그렇게 하는 것은 뇌 발달이 아직 충분치 않아 그 통제 불가능한 시기를 보내고 있는 아이를 더 힘들게 할 뿐입니다. 그렇게 사춘기 시절을 유별나게 보내는 아이들은 전체 아이들 중 20퍼센트나 됩니다.

그러므로 아이가 짜증을 낸다고 같이 짜증을 내는 것은 부모로서 적절하지 않은 행동입니다. 그리고 그 꾸지람은 아이에게 이전처럼 그렇게 위협적이지도 않습니다. 사춘기 아이는 아빠나 엄마만큼 힘이 세졌으니까요. 그러니 아무리 마음이 급하더라도 아이를 협박해서 부모가 원하는 반응을 이끌어 내려고 하지 마세요.

만약 아이가 부모가 묻는 말에 "예" "아니오"라는 단답형으로 대답한다면 그렇게 들으면 됩니다. 뭘 더 꼬치꼬치 캐묻나요?

"사춘기 애들이 다 그렇지"라고 넘어갈 수 있는 것을 자꾸 "너 왜 그러니, 학교에서 무슨 일 있는 거 아냐?"라고 말하는 것은 부모가 과민하게 반응하는 것입니다. 그럴수록 아이의 짜증은 늘어날 수밖에 없습니다.

"내가 아무런 문제가 없다는데, 엄마는 자꾸 왜 그래요?"

"얘가, 엄마한테 무슨 말버릇이 그래? 너 진짜 무슨 문제 있는 거 아냐?"

이러다 보면 부모와 자식 간에 갈등만 반복적으로 일어날 뿐, 상황은 달라지지 않습니다.

물론 내 아이가 발달 과정 중이 아니라 우울증을 앓고 있는 경우도 있을 수가 있습니다. 학업 스트레스와 친구와의 관계가 원활하지 못한 경우에 이런 병이 발병하기도 합니다. 이것은 학교 부적응이나 비행으로 이어질 수 있기 때문에 만약 그런 경우라면 정신과 의사를 찾아가 상담을 받고, 치료를 시작해야 합니다.

그런데 보통 심각한 경우가 아니면, 매일 점심시간 때 운동장에 나가 30분 정도 햇볕을 쬐는 것만으로도 좋아질 수 있다고 합니다. 패스트푸드나 인스턴트 음식의 섭취를 줄이는 것도 우울증을 치료하는 좋은 방법 중 하나입니다. 특히 게임을 하느라 밤늦게까지 잠을 제대로 못 자는 청소년들이 많은데, 제대로 된 수면 습관을 가지도록 관리해줘야 우울증에 빠지지 않습니다.

부모와 자식 간의 관계는 하루아침에 형성되는 것이 아닙니다. 만약 아이가 심하게 사춘기를 보내고 있다면 그건 이미 그 이전에 부모와의 관계에서 문제가 있었다는 증거입니다. 다만 그전에는 부모의 억압이나 무서움 때문에 아이가 제대로 표현하지 못했을 뿐입니다. 그러다가 자신도 키가 커지고 성호르몬 분비가 늘어나게 되면서 드디어 공격적인 반항이 시작되는 거지요. 이건 비단 사춘기 때만 이러는 것이 아닙니다. 이것이 그 시기에라도 해소되면 괜찮지만, 그때에 제대로 해소되지 못하면 결국에는 어른이 되어서 폭발하게 됩니다.

내 아이가 정서적으로 안정된 어른으로 자라기를 바란다면 이제부터라도 아이와 새로운 관계를 만들어 나가야 합니다. 이때 중요한 것은 아이와 진지하게 소통하려는 태도입니다. 부모가 조급하게 '내 뜻대로 해야겠다' 또는 '빨리 해결해야겠다'는 생각을 버리고 충분히 아이의 말을 들으려고 해야 한다는 것입니다. 아이의 이야기를 들을 때 답답해 속에서 열불이 난다고 하더라도 꾹 참고 다 들어 줘야 합니다. 그러고 나서 비로소 아이에게 왜 그렇게 행동하고 말하는지를 물어봐야 합니다.

대개 아이들이 강하게 부모에게 반항하는 이유는, 첫째 자신의 생각이 옳다고 생각하기 때문입니다. 부모의 생각이 잘못되었고 자기 생각이 옳다고 생각하는 것이죠. 두 번째로는 자기가 원하는 대로 하고 싶기 때문입니다. 그리고 마지막으로 부모가 말하면 뭐든 어긋나고 싶을 때라서 그러는 것입니다. 반항 자체가 목적인 경우죠. 지금 내 아이가 보이는 반항이 이 셋 중 어느 경우인지 빨리 파악하는 것이 중요합니다. 그리고 어떤 상황에서도 아이 편이라는 것을 보여 줘야 아이가 안심하고 부모를 따라가게 됩니다.

결국 부모가 중심을 제대로 잡고 아이의 말과 감정에 집중하면서, 여유로운 마음을 가지고 기다려 주는 것이 사춘기 아이를 키우고 있는 부모로서 현명하게 대처하는 방법입니다.

친구 따라
강남 간다

'친구 따라 강남 간다'는 말이 있습니다. 그만큼 친구가 중요하다는 뜻입니다. 특히나 어린 시절에는 엄마 치마폭만 잡고 졸졸졸 따라다니지만, 초등학교 고학년만 돼도 부모님보다는 친구들과 함께 있는 것을 더 좋아합니다. 말이 통하니까요. 그런 만큼 친구는 서로에게 영향을 크게 주고받을 수밖에 없습니다.

그런데 좋은 친구들끼리 어울려도 그 시너지 효과가 크지만, 질이 좋지 않은 친구들끼리 어울릴 때 생기는 역효과 또한 만만치 않습니다. 보통 평범한 친구들은 밤에 집이나 학원, 독서실에 있습니다. 반면 밤에 거리를 배회하는 청소년치고 품행이 단정한 학생은 별로 없습니다. 밤에 친구들과 어울려 다니며 나쁜 짓을 하다가 비행청소년이 되는 것입니다. 이럴 때 부모님들은 "혹시 저런 아이들과 어울려 다니다가 내 아이가 잘못되면 어쩌나?" 하는 걱정이 들지 않을 수 없습니다.

그런데 엄마 아빠가 맨날 싸워서 집안 분위기가 안 좋다든지, 공부하는 데 취미가 없든지, 아니면 밖에 나가서 하는 짓이 재미있든지 하면 아이는 오늘밤에도 밖으로 나갈 수밖에 없습니다. 이때 혼자서는 절대로 집 밖으로 나가지 않습니다. 반드시 둘이나 셋이 뭉쳐 나갑니다. 혼자 있을 때는 사고도 절대 치지 않습니다. 꼭 친구 둘이나 셋이 모여 있을 때 사고를 칩니다.

유유상종類類相從의 법칙이 있습니다. 비슷한 사람들끼리 어울릴 수밖에 없습니다. 참새와 독수리는 결코 친구가 될 수 없습니다. 물론 한동안은 참새와 독수리가 재미있게 어울려 놀 수 있습니다. 그런데 한참 같이 놀고 난 뒤에 독수리의 배가 출출해지면, 바로 참새를 잡아먹습니다. 쥐와 고양이 또한 어울리기가 쉽지 않습니다. 마찬가지로 잘 놀고 나서는 고양이가 쥐를 잡아먹어 버리기 때문입니다. 결국 참새는 참새끼리, 독수리는 독수리끼리 어울리는 것입니다. 고양이와 어울려 논다고 하면 그는 쥐가 아니라 고양이라는 말입니다.

그러므로 못된 아이들과 자연스럽게 어울린다고 하면 내 아이 또한 못된 놈일 수밖에 없습니다. 지금은 비록 아니라 할지라도 언젠가는 그렇게 될 확률이 많습니다. 그렇게 된 데에는 부모의 무관심이 한몫합니다. 친구들하고 있으면 그래도 내 편이 되어 줄 것이라는 착각에 빠집니다. 그런데 정작 사고가 터지면 그 친구들은 발뺌하고 도망가

느라 내 곁에 없습니다. 그래서 이렇게 되지 않기 위해서는 부모의 지속적인 관심이 필요합니다. 아이의 고민이 뭔지 잘 들어 주고, 건전한 친구들과 사귀도록 도와주는 것이 굉장히 중요합니다.

밤에 나가서 질 나쁜 친구들과 어울리는 것은 상당히 좋지 않은 환경에 처해 있다는 증거입니다. 이런 아이들과 어울리지 못하게 부모가 밤에 나가지 못하도록 붙잡는다면, 사고는 일어나지 않을 것입니다. 그런데 어느 가정은 분명히 아이를 그렇게 통제할 수 있는 어른이 없는 경우가 있을 것입니다. 부모가 이혼하였든지, 아니면 연로한 할아버지나 할머니께서 손자를 맡아 키우는 경우입니다.

이는 부모가 이혼함으로써 아이가 흔들릴 때 붙잡아 주지 못해 생기는 부작용 중 하나입니다. 이혼 이후의 상황에 대해 생각하지 못함으로써 생기는 후유증이란 말입니다. 이혼을 하게 되면 대부분 이전보다 경제 사정이 안 좋아집니다. 그래서 엄마는 먹고사는 데 바빠 아이가 어떻게 생활하는지 관심을 둘 여유가 없습니다. 그럼 아이는 자기를 붙잡아 줄 어른이 없다는 걸 알기에 밖으로만 돕니다. 그런데 그 아이는 혼자 밖으로 나가지 않고 공부 잘하고 있는 멀쩡한 애를 불러냅니다. 이혼하지 않은 가정에서는 이런 상황이 용납될까요?

아이가 좋지 않은 길로 가는 것을 미연에 방지하기 위해서라도 이혼에 대해 한번 더 생각해 볼 필요가 있습니다.

부모가 돌아가신 경우와 이혼하신 경우, 어느 쪽 자식들이 더 잘못될 확률이 많을까요? 통계적으로 보면, 이혼 가정의 아이들이 상대적

행복이란, 찾으면 보이는 것

으로 더 많습니다. 부모님의 불화로 이혼 위기에 있는 가정의 아이는 부모가 살아 계신다는 것에 대해 결코 긍정적으로 생각하지 않습니다. 고아와 이혼 위기에 있는 가정의 아이가 밤마다 만난다고 가정해 봅시다. 이혼 위기 가정의 아이가 담배를 한 번 쭉 빨고 나서 말합니다.

"우리 엄마 아빠 오늘도 또 싸웠다."

그러면 고아인 친구가 "그래도 너는 부모가 살아는 계시잖아. 난 그런 부모님도 없어"라고 대꾸합니다. 이 말에 이혼 위기에 있는 가정의 아이가 "그래, 그렇게라도 말해 주니 고맙다"라고 반응할까요? 절대 그렇지 않습니다.

"차라리 그런 부모라면 없는 게 나아, 자식아!"

대체로 이렇게 부정적으로 반응합니다. 부정적 사고는 결국 부정적 삶으로 이어집니다.

밤마다 나가서 친구를 만난다는 것은 폭탄을 안고 다니는 것과 마찬가지입니다. 그것이 곧 가출로 이어질 확률이 많기 때문입니다. 그래도 예전에는 가출을 하더라도 친구들끼리 모여서 술 먹고, 담배 피우고, 돈 떨어지면 집에 들어오는 정도로 그쳤지만, 요즈음에는 가출해서 돈 떨어지고, 잠잘 곳이 마땅치 않으면 집으로 돌아가는 대신 성범죄에 빠지는 경우가 많습니다. 세상이 너무도 무섭습니다.

인간은 사회적 동물입니다. 관계를 맺고 있는 사람들과 영향을 주고받을 수밖에 없습니다. 더군다나 아이들은 더 쉽게 영향을 주고받습니다. 그래서 가출할 때에도 혼자서 나가는 아이는 별로 없습니다.

모두가 가출하고 싶은 욕망은 있지만, 용기가 나지 않기 때문입니다. 그런데 친구 둘이나 셋이 붙으면 그 없던 용기가 생깁니다. 그러면 보통 엄마들은 이렇게 반응합니다.

"당신네 애 때문에 내 자식이 집을 나갔어."

그럼 이 말은 들은 상대방 엄마는 이렇게 반박하죠.

"그쪽 자식 때문에 내 아이가 나간 거야."

다들 자기 자식 탓은 하지 않고, 다른 집 자식들 탓만 합니다. 서로 탓을 하더라도 아이가 집으로 돌아오기만 하면 괜찮을 텐데, 친구들 간에 의리(?)를 지킨다고 집에도 들어오지 않습니다. 결국 친구 때문에 가출하고, 친구 때문에 나쁜 길로 갑니다. 더 큰 문제는 질 나쁜 친구들과의 고리를 끊지 못하면 이 가출이 일회성으로 그치는 것이 아니라, 습관화된다는 것입니다.

그러면 아이가 밤마다 밖으로 나가는 것을 막으려면 부모로서 어떻게 해야 할까요? 밤에 나가서 놀 거라면 차라리 아이에게 일을 시키세요. 그러면 돈 버는 것의 소중함이라도 알지 않겠어요?

결국 부모의 지속적인 관심만이 아이를 지킬 수 있습니다. 그리고 설령 단순한 호기심에 친구를 따라 가출을 했다 하더라도 언제든지 돌아올 수 있는 편안한 집과 든든한 부모님이 있다는 생각이 들면 아이는 다시금 집으로 발걸음을 돌릴 것입니다. 한시도 아이에 대해 관심의 끈을 놓지 마세요.

연예인이
되고 싶어라

지금 이 순간에도 수많은 연예인 지망생들이 불에 달려드는 부나방처럼 끊임없이 연예계 문을 노크합니다. 하지만 대다수는 연예인은커녕 TV에 얼굴 한 번 내밀어 보지도 못한 채 그 냉혹한 승부의 세계에서 패배자로 남습니다. 이처럼 연예인으로서 인기를 얻기란 정말 쉽지 않습니다.

저는 오랫동안 방송 프로그램에 출연하며 꽤 많은 연예인을 봐 왔습니다. 그래서 연예계의 생리에 대해 누구보다도 잘 안다고 자신할 수 있습니다.

연예인 한 명을 '뜨게' 하기 위해서는 정말 많은 돈이 들어갑니다. 제가 알기로 많게는 10억 원가량의 돈이 드는 것으로 알고 있습니다.

정말 엄청나게 많은 돈이죠. 그런데 연예인 지망생들 가운데 이 돈을 가지고 있는 사람은 아마 거의 없을 것입니다. 그래서 어떤 이는 자신을 뜨게 해 줄 사람을 찾아가 본인은 돈이 없으니 몸을 갖고 대신 어떻게든 자신을 뜨게 해 달라고 부탁합니다. 여자 연예인들의 성매매는 그래서 공공연하게 이루어지는 것입니다.

그런데 이렇게 해서라도 한번 방송에 출연한다고 한들 곧바로 인기를 얻고, 많은 돈을 벌 수 있는 것도 아닙니다. 대다수의 연예인들은 보통 사람들이 생각한 것만큼 그렇게 많은 돈을 벌지도 못합니다. 방송 1회 출연료가 1,000만 원이니, 2,000만 원이니 하는 것은 몇몇 A급 연예인에게만 해당되는 말입니다. 상위 1퍼센트가 영화나 드라마, 예능 프로그램에 출연해 절반에 가까운 돈을 가져가고, 수십 명, 수백 명의 사람들이 그 나머지 절반의 돈을 나누는데, 정말 박할 정도로 적을 때가 많습니다.

한 조사에 따르면, 연예인 10명 중 9명은 연간 수입이 1,000만 원도 안 된다고 합니다. 그리고 그렇게 번 돈조차 혼자 가져갈 수 있는 게 아니라, 소속된 연예기획사 측과 계약된 비율대로 나눠 가져야 합니다.

이처럼 일부 연예인들만 화려하지, 나머지는 그 화려함을 뒤로한 채 참으로 어려운 생활을 이어 나가고 있습니다. 무대 뒤편은 원래 드러나지 않게 마련입니다.

간혹 "목사님, 제 자식이 연예인이 되고 싶어 하는데, 끝까지 밀어

쥐야 하나요?"라며 상담을 요청하는 부모님이 계시는데, 대체로 엄마가 도시락을 싸 가지고 다니면서 말려야 한다고 조언합니다. 왜냐하면 넘치는 끼와 재능이 있어도 성공하기가 쉽지 않은 곳이 연예계인데, 아무런 능력도 없이 단순히 연예인의 화려한 면만 바라보고 도전한다는 것은 다른 길을 준비할 수 있는 기회를 상실하는 것이기 때문입니다. 공부를 하든 기술을 배우든 해서 경제 활동을 준비해야 할 시기에 연예인의 삶을 동경하면 이런 길을 놓치게 됩니다.

이후에 만약 그 연예인의 길이 좌절되었을 때, 그때서야 '내가 왜 이 길을 가려고 했지?'라며 후회를 한들 소용이 없게 되는 것입니다. 그동안 다른 것을 해 놓은 게 없으니까요.

'꿈은 이루어진다.'

이 말을 가슴에 품고 많은 청소년들이 연예인이 되고자 합니다. 맞는 말입니다. 간절히 소망하면 그 꿈은 이루어집니다. 하지만 모든 꿈이 다 이루어지는 것은 아닙니다. 특히 연예계는 더 그렇습니다. 연예인이 되고자 하는 그 꿈들이 모두 이루어졌다면 우리나라에는 지금쯤 수백만 명의 가수와 영화배우들이 있어야 할 것입니다. 연예인으로 성공한다는 것은 결코 쉽게 이루어지는 꿈이 아닙니다. 오히려 몽상에 그칠 확률이 많습니다. 그래서 누군가에게는 이 말이 한갓 바람 집어넣는 말에 지나지 않을 수도 있습니다.

그 꿈은 상당한 희생을 치른 후에 이루어지는 것이지, 결코 저절로 이루어지는 것이 아닙니다. 그 대가를 지불하면 된다고요? 그런데 그 대가를 치를 수 있는 끼와 재능이 자식에게 있습니까? 그리고 그 대가를 치렀다고 해서 모두 다 성공이라는 해피엔딩으로 끝나지도 않습니다.

무명 연예인들이 그 산증인들입니다. 그들은 오랜 시간 동안 연예인으로 성공하고자 시간과 돈을 투자했습니다. 그래서 끼와 재능을 갖추게 되었지만, 아무도 그들을 주목하지 않습니다. 그들은 무대 아래에서는 현란한 개인기와 입담, 노래 실력 등으로 사람들을 웃기고, 울리고, 감동시킵니다. 하지만 그들은 여전히 '성공한 연예인'이라는 대가를 보상받지 못한 채 살아가고 있습니다.

종종 기사를 통해 연예인들이 마약 사건에 연루되는 것을 볼 수 있습니다. 왜 그들은 마약에 집착하는 걸까요? 술만 가지고는 그 엄청난 중압감을 감당해 낼 수 없으니까, 중독성이 더 강한 마약을 찾게 되는 것입니다.

연예인의 삶을 유지하기 위해서는 감당하기 어려울 정도의 상당한 스트레스를 받습니다. 인기가 없으면 인기가 없는 것에서 오는 스트레스, 또 인기가 많다 하더라도 언제 이 인기가 사그라들까 하는 불안한 마음 때문에 스트레스를 받습니다. 그만큼 연예인의 삶이 만만치 않습니다. 또한 인기라는 것이 계속해서 지속된다는 보장도 없습니다. 그래서 인기가 많아도 연예인들은 늘 불안해합니다. 언제 그 인기가 떨어질지 몰라서요. 그리고 무명 시절을 오랫동안 보낸 연예인들은 인기 없는 것이 어떤 것인지 정말 잘 압니다. 그 몸부림치는 삶이 술과 도박, 마약으로 나타나는 것입니다.

이런 연예계의 이면을 모르니까, 오늘도 많은 청소년들이 헛물을 켭니다. 엄마가 춤도 못 추고, 노래도 못하는 내 아이를 설득할 자신이 없다면, 그 분야에 몸담았던 사람을 데려와서 아이에게 그 실상에 대해 말해 주도록 하는 것도 한 방법입니다. "너에게는 연예인의 자질이 없다"는 잔인한 말을 직접 듣고 싶어 한다면 말이죠.

넌 꿈이 뭐니?

"넌 꿈이 뭐니?"

이 질문에 우리나라 대부분의 청소년들은 "없다"라고 대답합니다. 이럴 때 부모로서 참 속상하지요. 한창 꿈을 키워 나가야 할 시기에 아이가 아무런 생각도 없이 사는 것처럼 보이니 말이에요.

그런데 사실 꿈이 없는 사람은 없습니다. 단지 무엇을 꿈꾸어야 할지 아직 발견하지 못했을 뿐입니다. 제대로 된 꿈을 찾지 못한 사람은 그래서 "꿈이 없다"라고 말합니다. 그렇게 말하는 이유는 자신감이 부족해서입니다.

꿈은 없는 사람들의 공통점은 두려움이 많다는 것입니다. 그래서 자신 안에 어떤 능력이 있는지도 모르고. 그 무언가를 도전해 본 적도

행복이란, 찾으면 보이는 것

없습니다.

이럴 경우, 부모로서 자녀에게 꿈을 심어 줄 수 있는 방법은 만약 자녀가 조금이라도 관심을 보이는 것이 있다면 그걸 해 보도록 도전시켜 보는 것입니다. 하지만 그 자녀는 틀림없이 겁낼 것입니다. 왜냐하면 잘할 것이라는 자신감이 아직 없기 때문입니다.

"대머리들은 머리카락이 없는 게 아니다. 단지 표피 속에 그 머리카락이 숨어 있는 것이다."

머리카락이 없어서 고민하는 사람들에게 이 말은 정말 희소식이 아닐 수 없습니다. 이와 마찬가지로 재능이 없다고 한탄만 하는 사람에게도 희소식이 있습니다. 겉으로 드러난 재능이 없을 수도 있지만, 도전을 통해 표피를 벗기면 한 가지 재능이라도 드러날 수 있다는 것입니다. 처음 할 때는 익숙지 않아 무척이나 힘이 듭니다. 그럼에도 포기하지 않고 '무한 도전' 하다 보면 어느새 재능을 발견할 수 있습니다. 그럼 '이걸 내가 못할 줄 알았는데, 해 보니까 되는구나' 하는 것을 깨닫게 됩니다. 그때서야 비로소 내 꿈을 발견하게 되는 것입니다.

사람 앞에만 서면 말 한마디는커녕 몸을 바들바들 떠는 사람이 있었습니다. 선천적으로 타고난 내성적인 성격 탓이었습니다. 그래서 그는 자신이 평생 사람 앞에 서게 되는 날은 오지 않을 줄 알았습니다.

그러던 어느 날, 정말 피치 못할 사정으로 그가 사람들 앞에 서게 되었습니다. 그날도 역시나 마이크를 잡는 순간, 그의 몸은 덜덜 떨렸습니다. 하지만 일단 두 눈을 꼭 감았습니다. 그리고 기도를 하였습니다.

그러고 나자 어디서 용기가 생겼는지 '이왕 하는 거 제대로 하자'는 생각이 들었습니다. 그래서 정말 사람들 앞에서 미친 척(?)을 한번 하였습니다. 그랬더니 사람들의 반응이 그야말로 장난이 아니었습니다. 그는 그때서야 발견한 것입니다. '나에게도 이렇게 사람들 앞에서 재미있게 말할 수 있는 재능이 있다'는 것을요. 그게 바로 접니다.

저는 사람들 앞에만 서면 얼굴부터 빨개지던 사람이었습니다. 하지만 그 일이 있고 나서 비로소 깨달았습니다. 내 속에 이런 잠재된 끼가 있다는 것을요. 그때서부터 제가 달라졌습니다.

아직 땅 위로 올라오지 않았을 뿐, 땅속에는 엄청나게 많은 싹들이 있습니다. 그중에서 내 아이가 틔워야 할 싹을 찾으세요. 도전을 한번 시켜 보는 것입니다. 달리기를 시켜 보세요. 그래야 빠른지, 느린지를 알게 될 것입니다. 노래를 한번 부르도록 부추겨 보세요. 노래를 잘하는지, 못하는지 알게 됩니다. 미술학원에 등록시켜 주세요. 그림을 잘 그리는지 못 그리는지 알게 됩니다.

이렇게 자꾸자꾸 도전하다 보면, 자신이 잘하고 좋아하는 것을 발견할 수 있습니다. 뭔가 하나는 있습니다. 부모가 그것을 세심히 관찰해야 합니다.

엄마 아빠 중 누구를 닮았나, 가르쳐 주지도 않았는데 잘하는 것이 뭐가 있나, 또 그것만 하면 시간 가는 줄 모르고 빠져 있는 것이 무엇인가?

그런데 여기서 한 가지 조심해야 할 것이 있습니다. 재능이 없는데도, 아이가 충동적으로 무조건 빠져 있는 경우입니다. 사람은 타고난 재능에 노력을 더하여야 비로소 성공할 수 있습니다. 그래서 재능에 노력을 붙이면 잘하는 것입니다. 재능도 없이 무작정 노력만 하다 보면 언젠가는 좌절하게 됩니다. 재능 있는 사람이 아무런 노력을 해 주지 않아야 노력하는 사람이 언젠가 따라잡을 수 있습니다. 하지만 세상에는 재능도 있으면서 노력까지 더하는 사람이 반드시 있기 마련입니다. 그런 사람과 경쟁해서는 이길 수 없습니다. 따라서 부모는 아이가 푹 빠져 있는 그것이 재능인지, 노력인지를 구분해 낼 줄 알아야 합니다.

공부를 열심히 하면 일정 수준까지는 공부를 잘합니다. 그런데 만약 공부 머리를 타고났을 뿐만 아니라 노력까지 더하는 사람 앞에서는 그것이 마냥 헛일입니다. 정상에 가면 그것이 구분됩니다.

시골에서는 머리 좋은 아이가 1등을 합니다. 실컷 놀아도 공부를 잘하니까요. 그런데 그 머리 좋은 아이가 시골에서 도시로 유학을 떠나면 그 머리 좋은 게 별것 아니라는 것을 알게 됩니다. 도시에는 머리 좋은 아이들이 훨씬 더 많이 모여 있으니까요. 그때서야 비로소 아이가 깨닫게 되는 거지요. 자신이 '우물 안 개구리'였다는 것을요. 우물 밖을 나가면 개구리는 어디 가서 명함도 내밀지 못할 정도로 나약한 존재에 불과합니다. 예전에 그 사실을 알았더라면 공부보다는 다른 분야를 파고드는 현명한 선택을 했을 것입니다.

구르는 것은 굼벵이를 따라올 것이 없습니다. 그 미물도 구르는 것

행복이란, 찾으면 보이는 것

하나는 세상에서 제일인데, 하물며 천하보다 귀한 내 아이가 아무런 재능이 없다는 것은 말이 되지 않습니다.

'꿈꿀 수만 있다면 이룰 수도 있다.'

미키마우스를 탄생시킨 세계적인 만화영화 제작자 월트 디즈니가 한 말입니다.

일단 아이로 하여금 꿈꾸게 하세요. 그리고 부모는 그런 아이를 세심히 잘 관찰해 보세요. 그러다 보면 내 아이가 무엇을 잘하고, 좋아하는지 보일 것입니다. 그것을 도전시켜 보세요. 분명히 그 도전이 성취로 이어질 날이 곧 오게 될 것입니다.

밤새 안녕하지
못한 아이

인간의 성욕은 자연스러운 것입니다. 청소년들이라고 예외일 수는 없죠.

한 조사에 의하면 중학교 3학년 남학생의 경우 80퍼센트 이상, 여학생의 경우에는 30퍼센트 이상이 자위행위를 통해 성욕을 해결한다고 합니다. 이 수치는 좀 더 올라가야 한다고 생각하는데, 왜냐하면 자위한다는 것을 수치스럽게 여기는 경우가 많아 그것을 하고 있음에도 '하지 않는다'고 했을 확률이 높기 때문입니다. 그래서 대부분의 사춘기 남자 아이들의 경우에는 거의 다 자위행위를 한다고 보면 됩니다.

그런데 많은 엄마들이 이런 현실을 잘 모르고, 아들의 방에서 정액이 묻은 휴지를 발견했을 때 무척이나 당황해합니다. 그러면서 부모

행복이란, 찾으면 보이는 것

로서 이럴 때 어떻게 대처를 해야 할지, 성교육은 어떻게 시켜야 할지 고민에 빠지는 경우가 많죠.

일단 이런 자위행위를 죄악시할 필요는 없습니다. 그런데 부끄러운 것만은 사실입니다. 왜냐하면 대개 자위행위를 하고 나면 휴지 등으로 벌써 그 흔적을 감추려고 하는 경우가 많으니까요. 바람직한 것은 아닙니다.

그래서 성장 과정에서 어쩔 수 없이 일어나는 자연스러운 행동이라고 치부할 수도 있지만, 그것을 한 번 참음으로 해서 좀 더 나은 결과가 나타날 수도 있습니다. 공부가 재미있어서 한다는 학생들은 거의 없습니다. 그럼에도 많은 학생들이 도서관 책상에 앉아 공부에 매진합니다. 자신의 더 나은 미래를 상상하면서 말이죠.

인생을 살아가는 동안 인내하는 훈련이 필요합니다. 자위행위 또한 그것에 해당합니다. 자위행위를 참는 것이 미래를 위한 예방주사가 될 수 있습니다. 면역력을 키워 나가는 과정인 셈이죠.

지금 자위행위 하는 것을 참지 못하면, 결혼한 후에 부부관계를 할 수 없는 상황이 벌어졌을 때도 참지 못할 가능성이 높습니다. 그럼 밖에 나가서 그 욕구를 풀고 싶은 생각이 들 수도 있겠지요. 그런 의미에서 지금 자위행위를 못 참는 것이 나중에 성 매매나 불륜으로 갈 소지가 충분히 있습니다.

성적 욕구를 잘 못 참는 아이들에게 공통점이 하나 있습니다. 바로 주변 환경이 성적 자극을 경험할 수 있는 음란물 등에 쉽게 노출되어 있다는 것이지요.

한창 성적 호기심이 강한 청소년에게 음란 동영상을 보고 나서 성인군자처럼 참으라고 하는 것은 정말 어려운 일입니다. 그럴 바에는 컴퓨터가 설치된 방에 들어가지 않도록 하는 게 더 낫지요. 애초부터 음란 동영상을 보지 않았더라면 그런 마음이 들지 않았을 텐데, 굳이 왜 그것을 보도록 방치하고 나서 성적 욕구를 참아야 한다고 가르치려고 하나요? 핸드폰 배경 화면이 여자 아이돌이 아니라 예수님이 십자가를 지고 언덕을 올라가는 것이었다면 아마 상황은 달라졌을 것입니다.

음란물을 자꾸 보다 보면 현실과 연출된 장면을 구분하기가 어려워집니다. 그것을 보고 난 후에도 여전히 잔상이 남아 아이 머릿속에서 계속해서 떠돌아다닙니다. 그만큼 음란물은 사람에게 상당한 영향을 줍니다. 그렇게 되면 결국 정신건강을 해칠 수 있는 거지요. 이것은 실제 성관계에도 영향을 줍니다. 음란물에 반복적으로 노출된 사람 중 절반은 실제 성관계에서 만족을 못 느낀다고 하는 조사 결과도 있습니다.

또한 음란 동영상을 많이 보게 되면 그것이 성범죄로 이어질 가능성이 많다고 합니다. 술을 좋아한다는 이유로 매일 같이 술을 마시다 보면 결국에는 알코올중독자가 되는 경우가 많은 것처럼요. 모방 범죄에 쉽게 빠지게 되는 것이죠.

자녀의 방에서 자위행위 한 흔적을 보게 되었다면 분명히 음란한 환경에 노출되었을 것입니다. 이럴 때 부모는 더 이상 자녀가 이런 음란물에 빠지지 않도록 주변 환경을 바꿔 줘야 합니다. 그걸 엄마가 미리 치워 두는 것입니다 그리고 그쪽으로 빠질 수 있는 환경이 아닌지 다시 한번 점검해 주어야 합니다. 또한 거기에 온통 정신을 빼앗기지 않도록 오랫동안 운동을 한다든지 해서 에너지 발산을 다른 쪽으로 돌리도록 유도해야 합니다.

요즈음 길거리를 다니다 보면 교복을 입은 채 팔짱을 끼고 돌아다니는 중고등학생들을 많이 볼 수 있습니다. 그들 중 일부 학생들은 이렇게 연애를 하면 당연히 섹스도 해야 한다고 생각합니다. 사랑하는 만큼 그걸 몸으로 표현해 달라는 것이지요. 이 생각은 완전히 잘못된 것이라는 것을 확실히 가르쳐야 합니다.

자위행위를 한다는 것은 신체적으로 결혼할 준비가 되었다는 뜻입니다. 예전 원시 시대 같았으면 자위하는 남자와 생리하는 여자를 짝붙여 결혼을 시켰을 것입니다. 지금도 부모의 동의를 받는다면 미성년자라 하더라도 만 18세 이상은 혼인할 수 있습니다.

그런데 지금은 소위 '문화 시대'라 본능이 이끄는 대로만 살 수 없기 때문에 절제가 필요합니다. 그리고 그에 따른 책임이 동반되어야 합니다. 만약 딸아이가 임신이라도 하게 된다면 학교를 그만두게 하고 아이를 키우라고 할 자신이 있나요? 그런 부모는 극히 소수에 지나지 않을 것입니다. 그래서 아무리 섹스가 하고 싶다고 하더라도 결혼 준비가 제대로 되지 않은 상태에서의 섹스는 어느 정도 참을 줄 알아야 합니다.

그리고 사람은 누구나 자신의 의지와 판단에 따라 자율적으로 성적 관계를 결정할 수 있습니다. 이걸 '성적 자기결정권'이라고 합니다. 따라서 상대방의 의사를 무시하고 동의 없이 일방적으로 관계를 맺고자 하는 사람은 처음부터 철저히 차단해야 합니다. 그건 '성폭행'이라는 무서운 범죄라는 것도 함께 인식시키면서 말입니다.

하지만 부모가 아무리 이렇게 하더라도 한계가 있습니다. 결국 본인이 통제하는 게 제일 중요하지요. 본인 스스로 자위행위를 해 봐야 힘만 빠지고, 죄책감에 빠지니까 방향을 바꿔서 공부에 매진한다든지 해야 합니다. 그리고 전문가들의 말에 의하면 부모의 간섭이 심하고 욕구 불만이 클수록 자위행위에 집착하는 경향이 심하다고 합니다. 부모에 대한 간접적인 반항인 셈이지요.

물론 아무런 외부적 영향이 없었는데, 갑자기 성적 욕구가 생길 수도 있습니다. 그래서 호기심으로 자위를 할 수도 있는데, 이때에도 횟수를 적절하게 조절해야 합니다. 정해진 횟수는 없지만 일상생활을 하는 데 무리가 없어야 합니다. 또한 혼자만의 공간에서 하되, 흔적을 여기저기 남겨서 가족들에게 불쾌감을 주지 않도록 해야 합니다. 그리고 이상한 도구를 쓰거나 뒤처리를 청결하게 하지 않았을 경우에는 성병에 걸릴 위험도 있습니다.

이런 이야기들은 동성끼리, 즉 아빠는 아들에게, 엄마는 딸에게 하는 게 효과가 좋습니다. 그 과정을 이미 거쳐 온 사람으로서 지금 자녀

행복이란, 찾으면 보이는 것

가 겪고 있는 정신적 혼란과 육체적 절제의 어려움에 대한 공감대가 쉽게 이루어질 수 있으니까요. 그렇다고 이런 식으로 겁을 주면 안 됩니다.

"너 그거 많이 하면 키 안 큰다. 그리고 나중에 아기를 못 가질 수도 있어."

그리고 "남자는 최소 사흘에 한 번씩은 배출해 주어야 한다"고 말하는 엄마들도 간혹 있는데, 이것 또한 엄연히 잘못된 말입니다. 철저히 남성 위주의 폭력적인 언어입니다. 오히려 자기 몸의 소중함에 대해 이야기해 준다면 아이는 아마 자신의 몸과 욕구를 충분히 제어할 수 있을 것입니다.

정상적인 일을 하는 사람은 비정상적으로 일을 하지 않습니다. 공부를 잘하는 학생들은 일반적으로 엉뚱한 짓을 하지 않습니다. 반면에 공부를 하지 않는 학생은 공부 대신 다른 엉뚱한 곳에 그 에너지를 쓰려고 합니다.

좋은 쪽으로 에너지를 발산하도록 아이를 유도해 보세요. 그러면 좋지 않은 쪽으로 표출하려는 에너지가 자연스럽게 감소하게 될 것입니다.

우리나라에서
장애아를 키운다는 것

아이가 태어나는 것은 한 집안의 축복입니다. 하지만 그 아이가 장애를 가진 아이라면 이야기가 달라집니다. 독일, 프랑스 같은 서유럽이나 미국처럼 장애인에 대한 배려와 인식뿐만 아니라 시설까지 거의 완벽하게 갖춰진 나라에 비해, 우리나라는 많이 좋아졌다고는 하지만 아직까지 여러 가지로 장애아를 키우는 데 있어 환경이나 지원이 열악하기 짝이 없기 때문입니다.

건강하게 태어난 아이를 키우는 것도 무척이나 힘이 들고 어렵습니다. 그런데 장애아를 키우기 위해서는 24시간 내내 엄마나 아빠가 그 아이 옆에서 돌봐야 하는 경우가 대부분이기 때문에 육체적으로도, 정신적으로도 정말 힘든 과정을 거쳐야만 합니다. 그래서 때로 어떤

행복이란, 찾으면 보이는 것

집에서는 장애아를 키우다가 너무 힘들어 극단적인 선택을 하기도 합니다. 길거리에 아이를 버리고 도망치거나 심지어는 아이와 함께 생을 마감하는 경우도 있습니다.

그래서 장애아가 태어나는 순간, 이를 신이 자신에게 내린 재앙으로까지 생각하는 부모도 많습니다. 차마 키울 엄두가 나질 않는 것입니다. 그래서 스트레스를 심하게 받아 온 가족이 우울증에 걸리기도 합니다. 이 때문에 어떤 집에서는 '환경적으로 더 나은 가정이나 외국으로 입양 보내는 것이 아이의 미래를 위해서 좋지 않을까?' 하는 생각을 하기도 합니다. 한 치 앞을 내다볼 수 없는 상황에서 당연히 할 수 있는 생각입니다.

그런데 내 자식을 본인이 키우는 것도 이렇게 힘든데, 만약 해외로 아이를 입양 보내면 입양을 받은 부모들도 힘들지 않을까요? 그래서 똑같이 어렵다면, 낳은 엄마가 키우는 것이 맞습니다.

하지만 이렇게 생각해 볼 수도 있습니다. 누군가에게 10억 원이라는 돈은 평생토록 일해도 벌지 못하는 돈이지만. 또 어떤 사람에게는 한 1년간 열심히 일하면 벌어들일 수도 있는 돈입니다. 똑같은 10억 원이라도 능력에 따라 돈의 무게가 다르게 느껴지는 것이지요.

이처럼 어떤 사람에게는 장애아를 키우는 것이 도저히 감당해 낼 수 없는 힘겨운 일이지만, 입양을 신청하는 사람들 입장에서는 그 상황을 충분히 이겨 낼 수 있다고 생각하니까 어려운 일임에도 장애아 입양을 신청하는 것입니다. 그래서 만약 장애를 가진 한 아이 때문에 가족 전체가 무너지는 상황이라면 그 아이를 해외로 입양시키는 것이 맞습니다. 장애아 입양을 결정한 그들을 생명의 은인으로 생각하고 말입니다. 그 가정에서 아이를 맡아 줌으로 인해 다른 한 가정을 살려 주는 셈입니다.

따라서 원칙적으로는 장애아를 낳은 부모가 키우는 것이 맞지만, 도저히 그 감당이 안 된다면 외국으로 아이를 입양 보내는 것도 한번쯤 생각해 볼 수 있습니다. 그리고 장애가 심한 아이는 오히려 해외 입양이 더 쉽다고 합니다.

그래서 부모로서 죄책감을 가질 수는 있지만, 온 가족이 장애를 가진 한 아이로 인해 무너지는 것보다 여러 가지 사정으로 정말 아이를 원하는 가정에 입양되도록 하는 것이 아이 입장에서도 더 좋을 수 있을 것입니다.

그런데 간혹 아이를 입양 보냈다는 사실을 알게 되었을 때 그 부모를 비난하는 주변 사람들이 있습니다. 그들은 "얼마나 독하면, 자기가 낳은 아이를 해외로 입양 보냈느냐?"라고 말합니다. 또 어떤 사람은 "누구 엄마는 중증 장애를 가진 아이를 훌륭하게 키워서 텔레비전에도 나오고 그러는데, 당신만 왜 그렇게 힘들다고 하느냐?"라며 타박하기도 합니다.

그런데 사람에게는 자기만의 그릇이 있습니다. 모두 대접이 될 수 없습니다. 누구는 간장 종지일 수도 있습니다(그릇 큰 것이 더 좋다고 말하는 것이 아닙니다). 그래서 모든 사람이 그 어려움을 다 극복해 낼 수

행복이란, 찾으면 보이는 것

있는 것이 아닌 것입니다. 비난을 하는 사람들의 논리대로라면, 장애인보다 더 나은 신체와 지능을 가진 사람들은 모두 훌륭하게 자라야 합니다. 그런데 현실에서는 그러지 않은 경우도 많잖아요.

그래서 입양 사실을 알게 되더라도 장애아를 해외로 떠나보낸 부모를 그저 말없이 안아 주는 것이 더 현명한 위로가 될 것입니다. 누구보다 힘든 것은 아이를 떠나보낸 그 부모들일 테니까요.

그런데 만약 이런 경우라면 어떻게 해야 할까요? 가족들 간의 입장이 다를 때 말입니다. 엄마는 "그래도 내 배 아파서 낳은 아이인데, 아무리 힘들어도 내가 키우고 싶어요"라고 말하고, 그에 반해 아빠는 "이 아이만 우리 자식이 아니잖아. 나머지 애들도 생각해야지. 해외로 입양 보냅시다"라고 말하는 경우입니다. 이 말은 아내는 아직 아이를 키울 수 있는 여력이 있기에 우리 집에서 키우자는 것이고, 남편은 힘들어서 도저히 아이를 못 키우겠다는 말입니다.

이럴 경우 각자의 입장만 고집하지 말고, 부부가 서로 진솔하게 대화를 나눠 보세요. 그러고도 서로 의견이 일치되지 않는다면 각자가 어느 정도 고민할 시간을 가져야 합니다. 그러다 보면 시간이 흘러 반반으로 팽팽했던 의견이 어느새 6 대 4나 7 대 3으로 기울게 될 것입니다. 그리고 마침내 결론이 나옵니다. 장애 아이를 못 키운다는 쪽으로 가든지, 힘들어도 키우자는 쪽으로 가든지 말입니다.

따라서 이런 경우에는 성급하게 결정을 내리지 말고, 한 달이든 1년이든 아이를 키우면서 좀 더 상황을 지켜보고 결론을 내리는 것이 좋습니다. 어느 한쪽의 일방적인 결정은 가족 모두에게 평생 상처만 남길 뿐입니다. 결국 장애아의 해외 입양에 대해서는 가족들이 시간을 두고 진솔한 대화를 통해 신중하게 결정했으면 합니다.

그럼에도 아이는
낳아야 한다

요즈음 경제가 어렵다 보니 '딩크족'으로 살아가는 부부들이 참 많은 것 같습니다. 딩크DINK는 Double Income, No Kids의 약칭으로 의도적으로 자녀를 낳지 않는 부부를 일컫는 말입니다. "아이는 꼭 낳아라" 하는 주변의 조언에 이들은 "아이 없이 둘이서만 행복하게 살고 싶어요"라고 대꾸합니다. 이들 딩크족 부부가 이렇게 말하는 이유는 아이를 낳게 되면 경제적으로 어려워질 것 같은 막연한 불안감이 있기 때문입니다.

물론 아이를 잘 입히고, 잘 먹이는 것이 중요합니다. 그리고 아이를 낳게 되면 경제적으로 어려워질 확률이 조금 더 높습니다. 하지만 내 아이 자체보다는 절대 중요하지 않습니다. 아이가 100이라면 옷과 신발은 1, 2에 불과합니다. 아이가 본질이고, 옷과 신발은 현상입니다. 딩크족 부부는 본질의 가치를 보지 못하고, 현상만 보고 있습니다. 전형적으로 가치관이 왜곡된 상황입니다.

하지만 요즈음에는 그 왜곡된 가치관이 당연한 것으로 여겨집니다. 그래서 아이를 경제적으로 잘 키우지 못할 바에는 차라리 낳지 않는 편이 더 낫다는 생각을 하고 있는 부부들이 많이 생기는 것입니다.

그런데 아이가 배우고 싶다고 하는 것을 마음껏 배울 수 있도록 모든 학원에 다 보내 주고, 아이가 입고 싶어 하는 옷과 신발을 다 사 주면 잘 키운 것이고, 남들처럼 메이커(?) 있는 옷도 입히지 못하고, 먹고 싶다는 고기도 못 먹이고, 학원도 제대로 보내 주지 못했다면 잘못 키운 것일까요?

언젠가 저는 "만일 내가 미국에서 태어났더라면 지금보다 훨씬 더 유명하고 세계적인 인물이 되었을 텐데……'라는 생각을 한 적이 있었습니다. 우리나라에서 태어났기에 국내용으로밖에 자라나지 못했다고 한탄하면서 말이죠.

그런데 어느 날 다시 생각해 보니, 대한민국이든 미국이든 상관없이 부모님이 나를 이 세상에 태어나게 해 주신 것만으로도 감사하다는 생각이 들었습니다. 세상에 태어났으니, 그래도 이 행복 저 행복을 맛보며 재미있게 사는 거 아니겠어요?

이처럼 부모가 자신을 낳아 준 것만으로도 감사하게 생각하는 가치관을 가진 자식으로 키운다면, 그것으로 부모의 역할은 어느 정도 한

행복이란, 찾으면 보이는 것

것입니다.

물론 내 자식이 "이렇게 살아가기 힘든 세상에 왜 나를 낳으셨어요?"라고 따지는 호래자식이 될 수도 있습니다. 그런데 그건 부모가 자식을 잘못 키운 것이지, 결코 경제적으로 잘해 주고 잘해 주지 못하고의 문제가 아닙니다. 가끔씩 사건사고 기사에 등장하는 재벌 3세들의 몰지각한 행동들을 보면 알 수 있잖아요.

"엄마 아빠, 왜 저한테 미안해하세요? 저를 이 세상에 태어나게 해 준 것만으로도 정말 감사드려요. 사랑해요"라고 말하는 자녀를 한번 키워 보고 싶지 않으세요?

잘못되는 사람들의 머릿속을 들여다보면 거기엔 부정적인 생각들이 자리 잡고 있다는 것을 알게 됩니다. 태어난 아이가 이후에 어떤 아이로 자라날지 모르는데, 딩크족은 부정적인 생각으로 꽉 차 있습니다.

'혼자도 이렇게 살긴 힘든데, 왜 굳이 결혼해서 불행하게 살아야 할까?'

사랑하는 여자친구나 남자친구도 없으면서, 이런 말도 안 되는 부정적인 생각으로 꽉 차 있으니 어떻게 결혼을 하겠어요?

"혼자 살아도 행복하지만, 사랑하는 사람을 만나 결혼해 보니까 두 배 더 행복해요."

이런 긍정적인 생각으로 결혼을 했던 거 아닌가요?

그리고 혼자서는 힘들고 어려운 일도 여럿이 함께하면 그 힘듦이 절반 이하로 떨어집니다. 불행은 반으로 나누어지고, 행복은 두 배로

곱해진다는 말입니다. 그것이 삶의 기본공식입니다. 그리고 그것이 공동체 정신입니다. 그 공동체 정신이 희박해지다 보니, 사람들은 다른 사람들을 내 행복을 빼앗아 가는 존재, 내 불행을 가중시키는 존재로 생각해 서로 가까이 하려 하지 않습니다. 그러다 보니 요사이 나만의 행복이 최고의 가치로 떠오르고 있는 거지요.

지금 부부 사이가 행복하세요? 그럼 그 행복을 내 아이에게 물려주고 싶지 않으세요?

아이를 낳지 않고 부부 둘이서만 행복하게 살고 싶다는 말은, 아이에게까지 이 행복을 전해 주고 싶지 않다는 말입니다. 그건 정말 이기적인 생각입니다. 그리고 아이를 낳지 않기로 하는 건 어느 부분이 행복이고, 어느 부분부터 불행인지를 모르고 있기 때문입니다. 한마디로 제대로 된 계산을 못하고 있는 거지요.

아이에게 제대로 키운다는 것, 잘해 준다는 것은 결코 물질이나 시간의 절대성을 말하는 것이 아닙니다.

요즈음에는 경제 사정이 좋지 않기 때문에 결혼 후에도 맞벌이를 해야만 하는 경우가 많습니다. 그래서 아이를 낳으면 함께하는 시간이 당연히 적을 수밖에 없습니다. 물론 부모로서 아이한테 제대로 못해 주고 있다는 미안한 마음은 들겠지요. 그럼 예전에 경제적 형편이 좋지 않았음에도 많이 낳은 아이들로 인해 제대로 못 입히고, 못 먹였던 부모들은 모두 미안한 마음으로 살아야만 했나요? 절대 아닙니다. 그런 죄책감에 빠져 아이를 키운다고 하는 생각 자체가 잘못된 것입니다.

하루에 1시간 정도는, 그리고 주말에는 좀 더 많은 시간을 낼 수 있을 것입니다. 그때 함께 있는 시간만이라도 최선을 다해 아이와 놀아주면 됩니다. 물론 육체적으로도 지치고, 정신적으로도 피곤하겠지요. 그래도 웃는 내 아이를 보면 그 피곤함이 많이 사라질 것입니다.

결혼 전, 사랑하는 여자친구의 얼굴을 잠깐이라도 보고 싶어서 피곤함을 무릅쓰고 잠잘 시간을 줄여 가며 그 먼 곳까지 만나러 가지 않았나요? 그 정성에 여자친구가 감동을 한 것이고, 그로 인해 함께 결혼해 행복하게 살기로 결심하지 않았나요?

이런 각오가 되어 있는 부모라면, 충분히 아이를 잘 키울 수 있습니다. 그리고 새로운 가족이 된 아이로 인해 더욱더 풍성한 삶, 행복한 인생을 누릴 수 있습니다.

제2장

행복한
홀로 서기

술 권하는
대학 생활에서 탈출하기

대학에 들어가면 여러 가지 자유가 주어지지만, 그중에서도 남들의 눈치를 보지 않고 술 마시고 담배를 피울 수 있는 자유가 주어집니다. 특히 우리나라는 술 마시는 것에 대해 꽹장히 관대하기 때문에 술에 심하게 취한 학생들을 보더라도 그 나이 때 부릴 수 있는 객기라며 가벼이 넘겨 버리는 경우가 많습니다.

그런데 이 자유가 제어되지 못하고 방종에 휩쓸리는 경우에 많은 문제가 발생합니다. 신입생 환영회 등에서 음주 사고가 발생해 다치거나 심지어는 목숨을 잃었다는 기사를 심심치 않게 볼 수 있는 것이 그 증거입니다. 책임이 따르지 않는 자유는 자칫 방종에 빠지기 쉽습니다.

그러니 대학에 들어갔다고 맨날 술이나 먹고 다니는 자식을 볼 때 부모의 마음은 답답할 수밖에 없습니다. 걱정스러운 마음에 "그렇게 매일 술만 먹어서 어떻게 하니?"라고 한마디 하면, 이내 "친구들을 사귀려면 같이 어울려서 술을 마셔야 해요"라고 자녀가 항변합니다.

그 자녀의 말대로, 대학 생활에서 술을 마시는 것이 친구를 사귈 때 중요한 부분임은 틀림없습니다. 하지만 술을 자제하지 못하고 매일 마신다면 그건 건강하지 못한 것입니다.

다른 음료와 다르게 술은 중독성이 강한 편입니다. 그래서 딱 한 잔만 마시겠다고 다짐하고 술자리에 참석하지만, 한 잔 술이 두 잔이 되고, 두 잔 술이 세 병이 되는 경우가 많습니다. 술을 자제하는 것은 결코 쉽지 않습니다. 그래서 지금도 그 수많은 알코올중독자들이 술과의 전쟁을 벌이는 게 아니겠어요? 술에 의존하기 시작하면 늘 몽롱한 상태로 인생을 살아갈 수밖에 없습니다.

많은 고등학생들이 대학에 들어가는 것을 인생 목표로 삼는 경우가 많습니다. 그래서 일단 대학에 들어가기만 하면 고등학교 때 누리지 못한 해방감을 맛보며 마음이 해이해지기도 합니다. 그런데 인생의 목표는 연장선상에서 생각해야 합니다. 대학을 들어갔다고 전부가 아니라는 말이지요.

대학을 졸업하고 나면 직장에 들어가야 합니다. 술과 함께 흥청망청 대학 생활을 보내고 나면 결국 졸업한 후에 갈 회사가 없다는 사실을 분명히 인식해야 합니다. 그걸 아는 엄마는 매일 술을 마시며 지내는 아들이 안타까운 것이고, 아들은 그걸 모르기에 하루하루를 허투루 보내고 있는 것입니다.

고등학교 때 도서관에서 시간을 많이 보낸 학생이 명문대학에 진학하듯, 전공 공부를 열심히 한 대학생이 졸업 후에 좋은 회사에 들어갈 수 있습니다. 너무 먼 미래처럼 느껴지나요?

그럼 목표를 세우기 위해 가고 싶은 회사를 한번 방문해 보는 것도 괜찮습니다. 그곳에서 일하고 있는 사람들을 직접 만나 이야기를 들어 보기도 하고요. 그래서 술을 먹더라도 그 사람들과 먹어야 합니다. 그러면 그 좋은 회사에서 일하고 있는 사람들이 거길 들어가기 위해 얼마나 부단히 노력했는지를 알게 될 것입니다. 내가 가고 싶은 곳에 이미 가 있는 사람의 이야기가 도움이 됩니다.

회사 사람들의 이야기를 듣다 보면, 술을 마시다가도 술이 확 깹니다. 정신이 번쩍 들지요. '지금 이렇게 지내다가는 이 회사 인턴으로도 못 들어가겠구나' 하는 생각이 들 것입니다. 반면에 지금 학교에서 같이 술 먹는 친구들의 시시껄렁한 이야기는 전혀 자극이 되질 않습니다.

그런데 내가 가고 싶은 회사에서 일하고 있는 사람을 만나기가 쉽지 않을 것입니다. 그럼 회사 정문에라도 가서 퇴근하는 직원을 붙잡고 진로에 대해 진지하게 상담할 일이 있으니 한번 시간을 내 달라고 간곡히 부탁하면, 상대방은 어떻게든 시간을 내주려고 할 것입니다. 학교 후배라고 하면 만남이 좀 더 쉽겠지요. 그래서 같이 밥을 먹거나 술을 마시면서 이 회사에 입사하려면 무엇을 준비해야 하는지를 꼼꼼

하게 묻습니다. 알려 준 그것들을 하나씩 준비해 나가려면, 대학 친구들과 커피 한잔할 시간도 없을 정도로 무척이나 바쁠 것입니다.

매일 술 먹고 다니는 아들에게 지금은 엄마가 아무리 말해도 소용이 없습니다. 그저 잔소리로 들릴 뿐입니다. 왜냐하면 술 먹고 다니는 아들에게는 엄마만큼의 절박함이 없기 때문입니다. 그래서 엄마가 주선을 하든지, 아들이 제 발로 직접 회사를 찾아가든지 해서 일단 그 회사에 다니고 있는 사람을 만나도록 해야 합니다. 그 만남 속에서 분명히 깨닫는 것이 있을 것입니다.

친구를 사귀는 것은 자신의 일을 제대로 해 나가는 가운데 가지처럼 해야 합니다. 그렇지 않고 친구 사귀기가 주가 되면 절대 안 됩니다. 매일 술을 마시고 다니는 아들은 벌써 중심이 무너져 버린 상태입니다. 매일 술 먹고 친구들과 어울리는 것이 중심이 됐고, 공부는 가지가 되었다는 거지요. 이건 완전히 잘못된 것입니다.

술을 마시고 싶다면, 내가 가고 싶은 회사에 다니는 사람들과 마시세요. 그리고 그곳 사람들의 이야기를 경청하세요. 그러고 나면 자연스럽게 대학 친구들과 술 마시는 경우가 많이 줄어들 것입니다.

행복이란, 찾으면 보이는 것

성공적인 대학 생활을
위한 시간관리 전략

치열한 대학 입시의 관문을 무사히 통과하고 나면 '이제 모든 게 끝났다'고 생각하는 학생들이 의외로 많습니다. 그렇지만 그 대학생들에게 꼭 말해 주고 싶은 것이 있습니다. '이제부터가 본격적인 시작'이라고. 대학 생활을 잘해야 이후 30년의 삶을 제대로 살아갈 수 있습니다.

대학이란 곳은 마음껏 놀아 보겠다고 한번 작정하면 한없이 놀 수 있는 곳입니다. 매일 같이 강의를 제치고 넓은 운동장에서 축구만 실컷 하거나 매일 저녁마다 친구들과 어울려 학교 앞 술집을 전전할 수도 있습니다. 하지만 마음먹으면 얼마든지 공부할 수 있는 여건이 잘 갖춰진 곳이 대학이기도 합니다. 개인 공부를 할 수 있는 시설 좋은 열람실은 물론 수많은 참고도서들이 꽂혀 있는 도서관이 있으니까요.

우리나라에서는 일단 대학을 입학하기만 하면, 졸업하는 것은 그다지 어렵지 않습니다. 그런데 인생은 대학 졸업으로 끝나는 것이 아니라 사회생활을 이어 가야 합니다. 만약 대학 생활을 어설프게 보내면 결국 졸업 후에 갈 곳이 없게 됩니다. 따라서 전공을 살려서 좋은 기업에 취업하거나 창업할 준비를 탄탄하게 해 놓는 것이 성공적인 대학 생활의 지름길입니다.

대학 생활의 낭만도 물론 좋습니다. 하지만 '생존'에 대해서도 본격적으로 깊이 고민해야 하는 것이 대학 생활의 진정한 핵심입니다. 고등학생이 대학을 들어가지 못해 겪는 절망감보다 대학을 졸업하고도 취업을 하지 못해 겪는 절망감이 훨씬 더 큽니다. 이른바 당당한 '사회인'이 되지 못하는 거지요. 그래서 아무런 생각도, 준비도 없이 대학 생활을 보내고 나면 졸업 후에 진짜 고생이 시작됩니다.

고등학교 시절에 남들보다 조금 더 열심히 공부해서 명문대학에 진학한 것이 나의 인생에 도움이 되었듯, 대학교 다닐 때 남들보다 조금 더 열심히 준비해서 좋은 직장에 취업하는 것이 앞으로 인생을 살아가는 데 훨씬 유리합니다.

"어느 대학 다니느냐?"보다 더 중요한 건 "어느 회사 다니느냐?"는 질문입니다. 대기업과 중소기업은 엄연히 여러 가지 면에서 다릅니다. 연봉, 복지, 남들의 시선 등에 차이가 있습니다.

인생이라는 계단을 한 걸음 한 걸음 차근차근 잘 올라가는 것이 제일 좋습니다. 그렇게 하는 것이 무난한 방법입니다. 그런데 만약 그렇

행복이란, 찾으면 보이는 것

게 하지 못하면 남들이 한 계단 걸어 올라갈 때, 나는 두 계단, 세 계단 씩 뛰어 올라가야 합니다. 그만큼 힘이 많이 들어갈 수밖에 없습니다.

많은 회사에서 "실력을 갖추지 못해 직원을 채용하기가 꺼려진다" 고 말합니다. 이에 반해 대학 졸업생들은 "일부 대기업을 제외하면, 갈 만한 데가 정말 없어요"라고 말합니다. 그런데 이 말은 직장을 구하는 대학 졸업자가 아닌, 그 사람을 채용하는 회사 입장에서 바라봐야 맞습니다. 그래서 사람을 채용하고 싶어도 뽑을 사람이 없다는 회사 측의 말이 맞는 것입니다.

고등학교는 대학교로부터 "이렇게 좋은 학생을 우리 대학교에 보내 줘서 고맙다"는 말을 들어야 하고, 대학교에서는 기업으로부터 "이렇게 좋은 인재를 보내 줘서 고맙다"는 말을 들어야 합니다. 나를 필요로 하는 곳으로 갈 수 있을 정도의 실력을 갖추어 놓는 것, 그것이 아름다운 대학 생활입니다. 그럼 달콤 살벌한 대학 생활을 구체적으로 어떻게 해야 할까요?

첫째는 무엇보다도 시간 활용을 잘해야 합니다.

고등학교 때는 '대학 입학'이라는 목표 아래 대체로 평일에는 밤 10시까지 학교에 남아 야자(야간자율학습)를 하고, 주말에는 학원을 다녀야 했기에 혼자서 활용할 수 있는 시간이 별로 없었습니다. 하지만 대학교는 어떤 강의를 들을지, 또는 듣지 않을지, 심지어는 강의를 신청해 놓고 수업에 들어가지 않을 자유도 있습니다. 그래서 특별한 목표를 구체적으로 정해 놓지 않으면 그냥 의미 없이 시간을 흘려보낼 수도 있습니다.

　그런 면에서 일명 '프랭클린 플래너'를 만들어 체계적으로 시간을 활용한 미국의 정치인 벤자민 프랭클린을 참고할 필요가 있습니다.

　그는 13가지 덕목(절제, 침묵, 질서, 결단, 절약, 근면, 진실, 정의, 중용, 청결, 침착, 순결, 겸손)을 선정하여 한 주 동안 한 가지 덕목에 집중하고, 그 결과를 자신의 다이어리에 기록함으로써 좋은 습관을 만들기 위해 노력했습니다. 그 결과, 프랭클린은 필라델피아 아카데미(오늘날의 펜실베이니아 대학)를 설립하는 등 폭넓게 교육문화 활동에 참여하였고, 다초점 안경, 피뢰침 등을 발명해 자연과학 분야에서도 뛰어난 업적을 이루었습니다. 이밖에도 그는 정치가, 외교관으로도 훌륭하게 일을 처리해 나갔습니다. 다방면에서 재능을 발휘한 것이지요. 이게 모두 프랭클린이 시간 활용을 잘한 덕분이었습니다.

　다음으로는 인맥을 만드는 것입니다.

　고등학교 때까지만 하더라도 보통 같은 동네에 사는 친구들끼리 학교를 다니는 경우가 많아 인간관계가 한정적인 데 비해, 대학교는 전국 각지에서 오기 때문에 좀 더 다양한 사람들을 만날 수 있습니다. 그들 중에는 분명 뛰어난 능력이 있거나, 배워야 할 것이 많은 사람들이 있을 것입니다. 그런 선후배들과 친분을 쌓아 두면 나중에 사회생활을 할 때 도움을 받을 수 있습니다. 하지만 이때 주의해야 할 것은, 너무 의도적으로 관리하려는 인상을 주면서 사람들에게 접근해서는 안 된다는 것입니다. 진심으로 사람을 대하는 것이 필요합니다.

인생은 주는 만큼 받는 법입니다. 도서관에 틀어박혀 혼자서만 공부하지 말고, 대외활동을 하거나 동아리에 가입해 사람과 관계를 맺어 두면 좋습니다. 특히 학술 동아리의 경우, 내 전공 공부는 물론, 스펙 쌓기에도 도움을 받을 수 있습니다.

그리고 마지막으로 장기적인 관점에서 시집이나 소설책, 인문서 등의 교양서적 읽기를 대학생 때부터 실천했으면 합니다. 이것은 나중에 사회생활을 할 때 아이디어를 내거나 업무를 추진하는 데 있어서 분명히 큰 역할을 할 것입니다. 독서야말로 모든 것의 기초이기 때문입니다.

보람찬 대학 생활을 통해 사회가 꼭 필요로 하는 인재가 되길 바랍니다.

행복한 밥벌이

대학의 '전공'은 곧 '먹고사는 것'을 의미합니다. 즉 앞으로의 생계 유지 수단입니다. 그걸 죽을 때까지 평생 해야 합니다(물론 전공과 다르게 사회생활을 하는 경우는 예외로 합니다). 그러니 이왕이면 재미있어야 합니다.

그런데 대학에 들어갔다 하더라도 전공이 적성에 맞지 않는다며 고민을 하는 학생들이 굉장히 많이 있습니다. 한 조사에 따르면, 10명 중 7명이 자신의 대학 전공 선택에 대해 후회를 했다고 합니다. 이렇게 된 이유는 전공을 결정하기 전, 자신의 적성을 고려해 나중에 무엇을 할지 깊이 고민해 보지 않고, 단순히 성적에 맞춰 '취업'만을 위해 전공을 선택했기 때문입니다.

행복이란, 찾으면 보이는 것

처음 대학에 들어와서 1학년 때는 교양과목 위주로 수업을 듣기 때문에 그럭저럭 따라갈 수 있지만, 군대까지 다녀와서 복학하게 되면 그때서야 비로소 '이 전공이 내 적성과는 맞질 않는구나'라는 걸 깨닫게 됩니다. 이럴 경우 '지금 전공을 바꿔 다시 대학에 입학할까, 아니면 그냥 다닐까?'라는 고민을 하게 됩니다. 이 때문에 부모와 갈등을 겪는 대학생들이 많습니다. 보통 부모님들께서는 웬만하면 지금 공부하고 있는 그 과를 졸업하라고 하시는 경우가 대부분이기 때문입니다.

자식의 입장에서는 지금의 전공이 취업에는 유리할 수 있어도 그걸 평생 해야 하는데 재미가 없을 것 같다는 것이고, 그에 반해 부모님 입장에서는 그래도 요즈음 같이 경기가 어려운 때에 취업을 한다는 것이 어디냐며 그냥 전공 공부를 끝까지 마치라는 겁니다. 일하는 데 좀 재미없으면 어떠냐는 말이죠. 사실 둘 사이에 이렇게 의견이 팽팽한 경우에는 정답이 없는 것 같아요.

그래도 일단 부모의 입장에서 말씀드리자면, 세상을 어떻게 재미로만 사나요? 조금 재미가 없어도 그럭저럭 살잖아요. 그러므로 전공이 그다지 마음에 들지 않고, 적성에도 맞지 않는다 하더라도 그냥 계속해서 그 과를 다니는 편이 나을 것 같습니다. 세상일이라는 것이 내 입맛에만 딱딱 맞춰서 할 수 있는 것이 그다지 많지 않거든요. 이건 비단 전공뿐만 아니라 다른 일도 마찬가지입니다.

여자 또한 내가 완벽한 이상형이라고 생각한 여자는 나를 별로 안 좋아합니다. 그 여자는 오히려 다른 남자를 좋아합니다. 그런데 나 좋다고 다가오는 여자들은 내 맘에 들지 않습니다. 그래서 어느 정도 부족한 점이 있더라도 눈 딱 감고 그냥 결혼하는 것입니다. 내 마음에 완전히 들어서 결혼하는 것이 정말 힘들다는 것을 알기 때문입니다.

직장인들 또한 지금 다니고 있는 그 회사가 완벽하게 마음에 들어서 아침마다 만원 지하철에 시달려 가며 그곳으로 출근하겠습니까? 100퍼센트 만족스럽지는 않더라도 "지금 어쩌겠어요?" 하면서 그냥 다니는 경우가 대부분입니다.

그런데 부모님께서도 지금 취업이 잘된다고 30년 후에도 그 직업이 인기 있으리라는 보장은 없다는 것을 아셔야 합니다. 우리나라의 섬유 산업이 활황이었던 1970년대 초반까지만 하더라도 누에를 기르는 과정을 배우는 잠사학과의 수요가 많아 학생들에게 꽤 인기가 좋았습니다. 그래서 한때는 법대보다도 입학 점수가 높았다고 합니다. 하지만 값싼 중국산 생사가 들어오면서부터 섬유 산업은 사양 산업으로 전락하고 말았습니다. 그에 따라 잠사학과도 점차 폐지되었지요.

베트남어과 역시도 베트남이 공산화되기 전에는 꽤 인기가 좋았습니다. 그러다가 베트남이 공산화되고 나서 우리나라와의 무역이 단절되자 인기가 하락했습니다. 그런데 다시 베트남과의 무역이 재개되자, 이제는 수요를 감당하지 못할 정도로 최고의 인기 학과로 부상했습니다.

취업 트렌드는 이렇게 경제적 사회적 환경에 따라 변할 수밖에 없습니다. 그러니 당장 눈앞의 것만 보고, 자식을 재촉하지 않았으면 합니다.

그럼 아들의 입장은 어떤가요? 그 전공과 관련한 일을 평생 해야만 한다고 생각했을 때 못할 것 같다는 거지요. 그래서 전공과 관련된 일을 도저히 못할 것 같다면 어쩔 수 없이 전공을 바꿔야 합니다. 어렵게 들어간 회사도 자기가 생각했던 업무가 아니라는 이유로 "더 이상 못 다니겠다"라면서 그만두는 판국에 그깟 대학 전공 바꾸는 것이 대수겠어요?

그런데 여기서 잠깐, 전공을 바꾸기 전에 아들에게 해 주고 싶은 말이 있습니다. 일단 너무 조급하게 생각하지 마세요. 1~2년 아끼려다 오히려 5~6년 늦어질 수가 있습니다. 급할수록 돌아가야 합니다. 그러니 충분히 알아보고, 충분히 고민해 보세요. '이 전공이 정말 나랑 맞지 않는지'를요. 지레 전공이 내 적성과 맞지 않는다고 판단해 급하게 결정하지 말란 말입니다.

군대를 다녀왔으면 보통 2학년이나 3학년으로 복학합니다. 그러면 아직 본격적으로 전공 공부를 시작하지 않은 셈입니다. 1, 2학년 전공 맛보기 수업만 듣고 나서는, "에이, 나랑 안 맞잖아"라고 생각했을 수도 있습니다. 그런 상태에서는 공부도 열심히 하지 않았겠지요. 그럼 일단 최소 1년은 최선을 다해 전공 공부에 매진해 보라고 말해 주고 싶습니다. 올인을 해 보는 거죠. 그렇게 하고도 흥미가 생기지 않고, 영 적성에 맞지 않는다고 생각되면 그때 가서 결정해도 늦지 않습니다. 그 와중에 학교 내의 상담센터를 찾아가 전문가로부터 적성검사를 한번 받아 보세요. 그리고 그 일을 하고 있는 졸업한 선배들을 찾아가서 현장 이야기도 들어 보고요. 그러면 아마 전공을 보는 시야가 좀 더 열릴 것입니다.

그리고 대학을 졸업한 후에 10명 중의 3명은 전공과 무관한 분야에서 일을 하고 있다고 합니다. 반드시 전공이 업무와 연관될 필요는 없습니다.

그래서 전공이 안 맞는다고 무조건 바꾸려 하지 말고, 일단 자신이 관심 가는 분야에 가서 자원봉사를 한다든지 해서 적성을 찾아야 합니다. 그래서 만약 그 일이 자신의 적성에 맞는다고 생각되면 학부를 졸업하고 나서 대학원에 진학해 공부해 보는 것도 한 방법입니다.

제가 생각하기에 전공보다도 중요한 건 자신의 꿈을 정하는 것입니다. 그 과정에서 분명히 현실적인 조건(연봉, 사회적 대우 등)과 이상적인 조건(흥미, 만족감, 사명감 등)을 충분히 고려해야 합니다.

어떤 일을 할지 명확한 사람은 흔들리지 않습니다. 그래야 평생 행복하게 일할 수 있습니다. 전공은 부모님이 정해 주셨다면, 자신의 꿈은 자신의 의지대로 결정해야 합니다.

행복이란, 찾으면 보이는 것

청춘의 시기에
반드시 준비해야 할 5가지

'이순재'라는 배우를 잘 알고 있을 것입니다. 제가 중학교에 다닐 당시, 이순재 씨가 「형」이라는 작품을 찍었던 기억이 납니다. 영화 속에서 형이 동생을 학교에 다니게 하기 위해 범죄를 저지르는 장면이 나오는데, 당시 그것을 보고 펑펑 눈물 흘렸던 것이 아직도 생생하게 제 머릿속에 남아 있습니다.

그로부터 50여 년이 지났음에도 이순재 씨는 여전히 현역 배우로 브라운관과 스크린 속에서 활발하게 활동을 하고 있습니다. 누군가는 "그 나이쯤 되면 후배들에게 자리를 양보해야 하는 거 아니냐?"라고 쑥덕거릴 수 있지만, 그런 말을 하는 사람들의 마음속에는 시기와 질투, 더불어 부러움이 깔려 있습니다. 오히려 여든이 넘은 나이에도 뒤

처지지 않고 자신의 자리를 지키고 있는 이순재 씨야말로 사계절 푸르름을 유지하는 소나무와 같은 진정한 배우라고 생각합니다. 얼마나 아름답고 보기에 좋습니까? 이순재 씨는 미래를 내다보고 젊은 시절부터 열심히 준비하였기에 지금도 이 분야에서 활발하게 활동하고 있는 것입니다.

찬란하고 아름다운 청춘 시절은 누림의 시기이기도 하지만, 동시에 준비하는 시기이기도 합니다. 아무런 대책 없이 젊음을 누리기만 하다가는 어느새 다가온 노년에 무너질 수밖에 없습니다. 청년 시절은 충분히 누리고 즐기면서도 또 다른 한편으로는 차근차근 준비를 해야 합니다. 그렇지 않으면 밝은 내일을 기약할 수 없습니다. 원금마저 다 까먹어 버리면, 다음 날 장사를 할 수 없는 것처럼 말입니다. 그러면 행복한 청춘 시절을 보내려면 무엇을 준비해야 할까요?

행복해지는 데는 다양한 것들이 필요하지만, 청춘 시절에 꼭 필요한 것으로 저는 첫 번째, 만족해하는 직장에 들어가기 위해 최선을 다하라고 말해 주고 싶습니다. 사람들은 대체로 생계를 유지하기 위해 돈을 벌어야 하고, 그 수단이 직장인 경우가 많습니다. 그리고 그 직장생활은 잠자는 시간을 제외하고 하루의 거의 절반 이상을 차지합니다. 따라서 자신이 일하는 곳에서의 만족감이 없다면 삶 전체가 힘들어지는 것은 당연합니다.

그런데 흔히 생각하는 것처럼, 직장에 대한 만족도는 연봉의 많고 적음과 별로 상관이 없습니다. 한 조사에 따르면, 자신이 좋아하는 일

행복이란, 찾으면 보이는 것

을 하는 사람은 10명 중 9명이 직장생활에 만족해했다고 합니다. 그러므로 행복해지려면 자기가 좋아하는 일을 꾸준히 할 수 있는 직장에 들어가야 합니다.

그리고 두 번째로는 좋은 인간관계를 맺기 위해 노력해야 합니다. 인간은 사회적 동물이라 사람들과의 교류가 필수적입니다. 그런데 그 인간관계가 제대로 이루어지지 않아 스트레스를 많이 받는다고 생각해 보세요. 당연히 행복감은 떨어질 것입니다. 그래서 학점 관리와 대외 활동 등으로 많이 바쁘더라도 미리미리 가족들, 친구들과 좋은 관계를 맺어 두는 것이 필요합니다.

또한 자신의 반쪽을 찾기 위해서도 열심히 탐색해야 합니다. 그리고 그것이 결혼으로 이어져야 합니다. 결혼에 대해 부정적으로 바라보는 요즈음 젊은 사람들의 생각과 달리, 결혼을 한 사람들이 결혼을 하지 않은 사람들보다 6배나 더 행복하다는 조사 결과가 있습니다. 또한 임금을 두 배 더 받는 것보다 평생을 함께 할 배우자를 찾았을 때 느끼는 행복감이 더 큰 것으로 나타났습니다. 그러니 자신의 행복을 위해서라도 결혼할 배우자를 열심히 찾아야 합니다.

세 번째로는 건강관리와 좋은 식습관을 가지는 것입니다. 나이가 들게 되면 내가 먹었던 것이 얼굴과 몸으로 드러날 수밖에 없습니다. 규칙적인 운동은 사람을 활기차게 하지만, 건강을 잃게 되면 만사가 귀찮아지고 삶의 의욕이 떨어집니다. 그러므로 최상의 컨디션을 유지하기 위해서라도 미리미리 건강과 식단을 잘 관리할 필요가 있습니다.

이어 네 번째로는 청춘 시절부터 내 돈과 재능을 다른 사람에게 적절하게 잘 베푸는 훈련을 해야 합니다. 이것은 하루아침에 되는 것이 아니기 때문입니다. 기부금을 내고, 자원봉사에 참여하는 사람이 그렇지 않은 사람들보다 더 행복감을 느낀다고 합니다. 이런 것들이 공동체의 일원이 되는 과정입니다. 그리고 자신의 행복감을 높이기 위해서도 꼭 필요한 행동들입니다.

그리고 마지막으로는 "종교를 가지라"고 말해 주고 싶습니다. 이건 제가 목사라서 하는 말이 아니고, 통계적으로도 종교를 가진 사람이 그렇지 않은 사람보다 더 행복하다는 조사 결과가 있습니다. 종교를 가지고 있으면 기도를 하게 되는데, 그것을 통해 자기 성찰과 깨달음을 얻을 수 있기 때문입니다.

생각하는 것보다 세월은 훨씬 빨리 흘러갑니다. 어느새 노년이 다가옵니다. 그때 주변을 보면 사랑하던 사람들이 하나둘 내 곁을 떠나고 없는 경우가 많습니다. 그때는 정말 외롭습니다. 그때는 신을 찾게 되어 있습니다.

"목사님의 지속적인 인기 비결은 뭔가요?"

가끔 사람들이 묻는 질문입니다. 그 비결은 간단합니다. 늘 준비하는 것입니다. 이는 인기가 떨어졌을 때 얼마나 초라해질지를 알기 때문입니다. 그래야 그 인기가 지속됩니다. 사람들은 이 간단한 사실을 모릅니다. 인기가 떨어져 더 이상 사람들이 나를 찾지 않을 때 얼마나 초라해질지 모르기 때문에 나태한 마음으로 지내다가 인기가 떨어지는 것입니다.

　마찬가지로 준비하는 청춘은 아름답습니다. 젊음의 에너지로 부단하게 준비하세요. 그리고 그 준비하는 가운데에서 행복을 찾길 바랍니다. 그래야 이후에 비참함을 경험하지 않고, 즐거움과 여유로움을 넉넉하게 누릴 수 있습니다.

직장생활이 힘들 때
생각해 봐야 할 것들

월요일 아침, 침대에서 일어난 김 대리는 출근할 생각을 하니 오늘도 머리가 아파 오기 시작합니다. 밤사이 비가 엄청나게 내려 출근을 못 하게 되는 상황이었으면 좋겠다는 생각도 잠시 해 봅니다. 김 대리에게 어김없이 '월요병'이 찾아왔네요.

그만큼 직장생활이 녹록하지 않은 거지요. 여기까지는 많은 사람들이 대체로 겪는 증상입니다.

그런데 이런 직장생활에 대해 유독 힘들어하는 사람들이 있습니다. 이들은 마치 죽기보다 싫을 정도로 회사 생활하는 것에 대해 괴로움을 호소합니다. 행복하게 직장을 다니고 싶은데 마음대로 잘 되지 않는다고 합니다.

행복이란, 찾으면 보이는 것

이들이 직장생활을 이렇게 힘들어하는 이유는 함께 일하는 상사가 자신을 너무 힘들게 해서 그럴 수도 있고, 하고 있는 업무에 대한 과중함 때문이나 매일 똑같이 반복되는 업무 탓에 성취감을 전혀 느낄 수 없기 때문에 그럴 수도 있습니다. 또한 현재 다니고 있는 직장에서 비전을 발견하지 못해 그럴 수도 있고요.

이렇게 다양한 이유로 직장생활이 너무너무 힘들다고 합니다. 그런데 이는 전적으로 직원인 내 입장에서 말한 것들입니다. 나를 고용하고 있는 회사 쪽 입장은 어떨까요? 과연 똑같은 입장일까요? 아니오, 절대 그렇지 않습니다. 회사 입장에서는 지금 우리 회사에서 일해서는 안 되는 사람을 고용하고 있는 셈입니다. 회사 또한 이런 생각을 가진 사람과 일해 나가는 것이 얼마나 힘들겠어요? 지금의 일을 즐기면서 할 사람도 얼마든지 많은데 말입니다. 그래서 회사 입장에서 이 질문을 한다면, 이렇게 하겠지요.

"직원을 뽑았는데, 그가 너무 힘들어합니다. 그 직원을 어떻게 해야 할까요?"

간단합니다. 그 사람을 그만두게 해야죠. 그러므로 직장생활을 유독 힘들어하는 직원이라면 "내가 그만두도록 잘라 주세요"라고 회사에다 말하는 것과 같습니다. 회사 입장에서는 직원에게 그만두라고 하고, 다른 직원을 뽑으면 문제가 해결되는 것입니다. 그래서 직장생활이 힘들다면 빨리 다른 직장을 찾아 옮기면 됩니다. 좀 더 창의적이고, 행복하게 일할 수 있는 직장이나 직업을 찾아서 말입니다. 그것이

회사와 직원 모두가 행복해지는 길입니다.

그렇지 않고 만약 이 회사를 계속해서 더 다닐 마음이 조금이라도 있다면, 직원은 빨리 생각을 바꿔야 합니다.

여태까지는 직장생활이 힘든 내 입장만을 100이라고 생각했습니다. 그래서 너무너무 힘들다고 하소연했던 거지요. 그렇다면 이제부터는 내 입장은 10이고, 회사 입장은 90이 되도록 해야 합니다. 회사는 그 직원의 이런 모습을 알면서도 월급을 줘 가면서 계속 일하도록 하고 있는데, 오히려 고마워해야 할 직원이 힘들다고 하면 말도 안 되는 불평에 지나지 않는다고 생각할 수밖에 없습니다. 이럴 때는 역지사지易地思之가 필요합니다. 이 또한 직원과 회사가 역지사지가 되지 않아서 발생한 문제입니다.

어느 정도 규모가 되는 회사들은 많은 경우 근로자를 위한 노동조합이 있습니다. 그런데 회사가 노조를 대화 파트너로 생각하지 않고 무시하거나 노조 또한 회사를 어렵게 하는 노동쟁의 활동을 빈번하게 함으로써 생산에 차질을 빚게 하는 것은 바람직한 현상이 아닙니다. 그런 일들이 발생하기 전에 원활한 의사소통을 통해 서로 윈윈하는 것이 가장 좋지요.

제가 아는 노조 위원장이 있는데, 그가 주로 하는 일은 데모를 주동하는 것입니다. 한번은 제가 노조 위원장에게 이렇게 물었습니다.

"만약 위원장님이 회사 오너시라면, 당신 같은 사람을 어떻게 하겠어요?"

그러자 단번에 대답이 나오더군요.

"잘라 버려야죠."

이런 말이 나온다는 것은 회사 입장에서는 그 위원장이 직원으로서 맞지 않는 행동을 되풀이하고 있다는 뜻입니다. 그렇다고 회사가 바로바로 이런 사람들을 자른다고 하면 또 노조를 인정하지 않는다는 말이기도 하잖아요. 결국 역지사지로 생각해서 결론을 내려야 서로 원윈할 수 있습니다. 회사는 가능한 한 노조원을 위하고, 노조는 회사 입장을 좀 더 이해하려고 노력해야 한다는 말입니다.

그러다 보면 어느 정도 선에서 서로 공감대가 형성됩니다. 그 안에서 내리는 결정이 가장 좋습니다. 그 협의가 원만히 이루어지지 않았을 때 노동쟁의를 한다든지, 직원을 퇴사 조치시키든지 해야 합니다.

직장에서 받는 월급이 적어서 힘들어하는 직원이 있다고 해 봅시다. 1억 원의 매출을 올리는 회사에서 일하는 직원의 월급이 100만 원에 불과하다면 그 직원은 당연히 월급을 300만 원까지 올려 달라고 요구할 수 있습니다. 회사에서도 그 요구를 받아들여 줄 확률이 높고요. 그런데 불과 5,000만 원 매출을 올리는 회사에 다니는 직원이 1,000만 원의 월급을 달라고 한다면, 회사에서는 그 직원에게 특단의 조치를 내릴 수밖에 없을 것입니다.

그리고 직원이지만 회사 대표이사와 같은 마음으로 일을 한다면 지금 가지고 있는 불만의 절반은 사라질 것입니다. "실적을 제대로 내지 못해 회사에 너무 미안해요"라는 마음과 "실적 압박 때문에 직장생활

행복이란. 찾으면 보이는 것

이 너무너무 힘들기만 해요"라는 마음은 회사에서 일하는 마음가짐을 다르게 만듭니다.

모든 사람이 일이 힘들다고 하면 지금 하고 있는 그 일이 정말 힘든 일임에 틀림없습니다. 그런데 다른 사람은 별로 힘들다는 말을 하지 않는데 유독 나에게만 힘들게 느껴진다면, 그 일에 내가 능력이 없는 것이거나 정말 적성에 안 맞는 직업을 선택해 일을 하고 있는 것 둘 중의 하나입니다. 그때는 직업을 바꾸거나 그 일을 계속해서 하고 싶다면 능력을 개발해야 있습니다.

이 직장이 힘든 이유가 내가 무능해서 힘든 것인지 아니면 유능하지만 힘든 것인지를 제대로 구별해야 합니다. 유능해도 직장생활이 힘들다면 그건 정말 회사에 문제가 있는 것입니다. 그래서 회사에다 이야기를 해서 그것이 해결된다면 좋은 일이지만, 그것이 해결되지 않는다면 그곳을 나올 수밖에 없습니다.

그렇다고 무작정 이직하지 말고, 이직 시 발생될 상황들에 대해 충분히 고민해 보아야 합니다. 조금 더 나은 대우를 받아 가며 더 행복하게 직장생활을 하는 것이 가능할 때 그것을 추진하는 것이 현명합니다.

회사 때려치우고
장사나 한다고요?

　많은 직장인들이 창업을 꿈꿉니다. 그런데 창업을 한 사람은 반대로 매달 급여를 일정하게 보장해 주는 직장생활을 꿈꿉니다. 이 말은 이쪽도, 저쪽도 모두 어려운 점이 있다는 말입니다.

　만약 직장생활과 사업 둘 다 잘할 자신이 있다면 창업을 해야 맞는 것이고, 둘 다 제대로 못한다면 창업보다는 직장에 있어야 합니다. 왜냐하면 힘든 직장생활은 몸으로 때우면 그만이지만, 창업은 지금 가지고 있는 재산까지도 까먹을 수가 있기 때문입니다. 즉 일이 잘못되었을 때 직장인은 몸만 회사에서 빠져나오면 되지만, 창업에 실패했을 때는 삶의 기반이 무너질 수 있습니다.

　많은 직장인들이 현재 다니는 직장에 비전이 없다면서 '이럴 바에는 차라리 창업을 하는 편이 낫겠다'는 생각을 너무나도 쉽게 합니다. 그런데 창업 시 성공 확률은 10~20퍼센트에 불과합니다. 그 말은 나머지 80~90퍼센트는 망한다는 의미입니다. 그런데 문제는 그 극히 희박한 10퍼센트 안에 반드시 '내'가 들어간다고 생각한다는 겁니다. 절대로 망할 리가 없다고 착각하는 거지요.

현재의 직장이 비전이 없다면, 일단 비전 있는 직종으로 옮겨야 합니다. 그런데 일해 보고자 하는 곳이 비전 있는 직종인지 어떻게 알 수 있을까요? 일단 그 분야에 뛰어들어 직접 일해 보면 됩니다. 시행착오를 줄이기 위해서죠.

그래서 자신이 생각하는 창업 직종이 있다면, 일단 거기에 들어가서 일해 보세요. 하지만 내가 일하고 싶다고 해서 바로 받아 주는 곳은 거의 없습니다. 대번에 거절당할 것입니다. 그럼 월급을 받지 말고 그냥 일하겠다고 하고 들어가도록 하세요. 무보수로 일하는 거죠. 월급은 실력이 쌓이면 받도록 하세요. 거기에서 성실하게 일해 인정을 받으면 정직원으로 채용이 되겠죠. 그리고 그 업계에서 내 실력이 통용될 때까지 거기에 있어야 합니다.

식당을 예로 들겠습니다. 식당 창업을 하고 싶다면 일단 주방으로 들어가세요. 그리고 주방의 사령관인 주방장과 친해져 기술을 배우도록 하세요. 물론 처음에는 주방장이 자신만의 비법을 잘 가르쳐 주지 않으려고 하겠지요. 그게 바로 그의 밥줄인데, 아무한테나 가르쳐 주려고 하겠어요? 그러니 주방장의 마음을 돌리도록 부단히 노력해야 합니다. 그렇게 해서 주방장이 마음을 움직였다면 비법들을 하나씩 가르쳐 줄 것입니다. 그걸 전부 다 배워야 합니다.

그러다 보면 장담하건대 틀림없이 식당에 일이 발생합니다. 주방장이 사장과 싸워 갑자기 그만두거나 출근 도중 교통사고를 당해 오랫동안 못 나오는 경우 등을 말하지요. 사장은 주방장을 욕하면서도 다리만 동동 구를 수밖에 없습니다. 식당 문을 열자니 음식 맛이 없다고 손님들한테 원성만 살 테고, 그렇다고 식당 문을 안 열자니 그 손해가 막심할 테니까요. 그때 나서서 사장에게 살짝 말해 보세요.

"사장님, 제가 한번 해 봐도 될까요?"

물론 사장은 의심의 눈초리를 보낼 테지요. 그래도 어떡합니까? 장사를 망칠 수 없기에 사장은 마지못해 음식을 만들어 보라고 할 것입니다. 그리고 그 음식을 맛본 손님들이 이런 말을 하게 되면 성공입니다.

"음식이 어쩜 이렇게 맛있어! 다음에는 가족들 다 데리고 와야지."

그 말을 듣는다면, 바로 그 가게를 나와 새로운 가게 자리를 알아보러 다니면 됩니다. 그런데 "이걸 음식이라고 돈 받고 팔아요?"라는 항의가 들어오면 절대 창업해서는 안 됩니다. 식당 창업의 가장 기본인 음식 맛이 보장되지 않은 것입니다. 아직 실력이 갖춰지지 않은 거지요.

음식이 맛있어도 성공을 장담하기 어려운 것이 음식 장사입니다. 그런데 그 기본도 없이 무작정 창업을 한다고 설레발을 친다면 더 성공하기 어려운 건 당연한 일이겠지요. 그렇게 되면 결국 자신만 망할 줄 몰랐지, 이미 객관적으로 망한다는 것은 예정된 수순입니다. 실력

행복이란, 찾으면 보이는 것

이 있어도 성공할까 말까 한데, 실력이 없으면 당연히 안 되겠지요. 그러면 무보수로 일한 그 기간에 대한 보상은 어떻게 하냐고요? 무턱대고 식당을 개업해 돈을 까먹지 않은 것이 돈을 번 것입니다.

그리고 우리나라 사람들의 고질적인 문제점 중 하나가 더러운 꼴을 못 본다는 것입니다. 아직 준비가 되지 않았다면 그 더러운 꼴을 보기 싫더라도 봐야 하고, 실력을 쌓을 때까지는 참아야 합니다. 갈 곳을 정해 놓지도 않은 채 무작정 회사를 나간다면 고생은 불 보듯 뻔합니다.

"내가 이런 더러운 꼴을 보느니, 차라리 이 회사를 때려치우고 말지."

홧김에 이렇게 말하고 나서, 무작정 회사 문을 박차고 나온다면 잠깐은 속 시원할지 몰라도, 반드시 나중에 후회합니다.

더러운 꼴을 보느냐, 못 보느냐는 단지 기분 문제일 뿐입니다. 그 꼴 보는 것이 참기 어려워 회사를 나온 뒤 그 이후에 벌어지게 될 일들은 생존의 문제에 해당합니다. 기분의 문제 때문에 생존의 문제가 흔들려서는 안 됩니다.

내 휘하에 1만 명의 군사가 있다고 합시다. 그런데 상대방에게는 2만 명의 군사가 있다고 하면, 빨리 상황 파악을 해야 합니다. 상대방보다 적은 수이지만 정예 병력이기에 그래도 상대방을 이길 수 판단되면 작전을 잘 짜서 빨리 쳐들어가야 하고, 수적 열세로 인해 절대 이길 수 없다고 생각되면 재빨리 상대방과 화친을 맺어야 합니다. 이것을 정확하게 계산하지 않고 무작정 달려 나갔다가는 1만 명의 군사가 전멸할 수밖에 없습니다.

예측을 잘하는 것도 실력입니다. 그런 실력을 너무 우습게 생각해서는 안 됩니다.

먹는 장사가 쉽다고 생각해 직장을 그만두고 나서 무작정 음식점 장사에 뛰어드는 사람들이 많습니다. 그런데 그 음식점 장사를 해서 돈 많이 벌었다는 사람이 있나요?

어느 분야든지 잘하는 사람이 대부분의 돈을 가져갑니다. 같이 나누어야 골고루 분배가 될 텐데 현실은 절대 그렇지 않습니다. 잘하는 사람이 다 가져가 버리니까, 못하는 사람은 더욱더 어려워지는 것입니다. 그래서 최고로 잘하지 못하면 절대 창업해서는 안 됩니다. 준비 없이 창업에 뛰어들었다가 신용불량자가 된 사람들이 한둘이 아닙니다.

회사에 비전이 있느냐, 없느냐는 직장인인 내가 망하는 것과는 상관이 없습니다. 그런데 회사를 나와서 창업을 하는 순간, 비전의 문제는 사느냐, 죽느냐의 생존 문제로 바뀌어져 버립니다. 따라서 회사 비전 때문에 그걸 창업과 연계해 도전하느냐, 마느냐의 문제로 바꾸어 버리면 큰일 납니다.

현재 다니고 있는 회사가 비전 없다고 판단되면, 먼저 내가 그 비전을 회사에다 제시해 줄 수 있는 사람이 되려고 노력해 보세요. 그런데 아무리 노력해도 회사가 바뀔 조짐이 보이지 않는다면, 그때는 그 회사를 나와 이직을 하든지 자기 회사를 차리면 됩니다. 아니면 장사를 해도 되고요. 하지만 그전에 철저한 준비와 실력으로 무장되어 있어야 성공 확률이 높아집니다.

캥거루족
부모의 비극

요즈음은 대학을 졸업하더라도 바로 취직하기가 어렵습니다. 경기도 어렵거니와 회사에서 요구하는 스펙이 어마어마하기 때문입니다. 그래서 취직을 하려면 정말 엄청나게 '노오~력'을 해야 합니다. 그 힘든 기간을 버티지 못해 취직할 생각을 포기하는 경우도 많습니다.

얼마 전, 일자리를 얻기 위해 갖은 노력을 다 해도 결국 취직하지 못하자 구직을 포기한 채 '그냥 쉬고' 있는 청년 인구가 36만 명을 넘어섰다는 뉴스를 보았습니다. 이런 사람들이 그대로 방에 틀어박혀 게임 페인이 되는 경우도 있습니다. 부모 입장에서는 참으로 속상하지 않을 수 없겠지요. 대학까지 졸업시켰으니, 이제 사회생활을 제대로 하기만 하면 한시름 놓을 텐데 말입니다.

이런 경우 부모는 최선을 다해 자식을 키웠지만, 최악의 결과가 나온 경우입니다. 그런데 이런 부모들의 특징은 어려서부터 자식들이 해야 할 일의 몫까지 부모가 나서서 전부 다 해 줬다는 것입니다. 아이가 아프면 스스로 직접 선생님께 말하면 되는데, 이런 엄마들은 본인이 대신 말해 줍니다.

"우리 아들이 아파서 오늘 학교에 못 갑니다."

자식이 안쓰러우니까요. 그런데 안쓰러운 심정만 갖고 아이를 키우면 안 됩니다. 결국 이렇게 된 데에는 부모가 자녀 양육에 대한 철학을 제대로 정립하지 않았기 때문입니다.

자식이 어렸을 때는 그나마 낫습니다. 하지만 부모가 직장이나 사업에서 은퇴하게 되면 이제 연금으로만 살아야 하는데, 그 연금을 쪼개 계속해서 자식을 도와줘야 하는 사태가 벌어지고 맙니다. 지금 우리 사회에 이런 현상이 만연해 있는데, 이렇게 독립하지 못한 자식들을 '캥거루족'이라고 부릅니다.

제 세대만 하더라도 가난한 살림 탓에 부모가 하루 종일 일을 나가야 해서 자식을 옆에 끼고 일일이 돌봐 가면서 키우지 못했습니다. 더군다나 부모는 둘이고, 아이들은 그보다 두서너 배인 네 명에서 열 명까지 되었습니다. 이렇게 많은 자식들을 일일이 챙겨 가면서 키울 여력이 안 되었기에 대부분의 부모는 자식들을 그야말로 방목에 가깝게 키웠습니다.

그래서 엄마 아빠가 일을 나가시면 형제들끼리 알아서 학교 가고,

밥 챙겨 먹고, 숙제 하고 그랬습니다. 그러다 보니 만날 콧물도 질질 흘리고, 감기도 달고 살았습니다. 그래도 큰 탈 없이 잘 자라 이제는 사회인으로서 역할도 잘하고, 부모에게도 용돈 드리면서 잘 살고 있습니다.

그런데 지금은 부모 둘에 아이는 하나 내지 둘입니다. 아이가 귀합니다. 서너 살만 돼도 어린이집이나 유치원에 보내는 것을 당연시 여깁니다. 학원도 피아노 학원에서부터 영어 학원, 발레 학원, 심지어는 줄넘기 학원까지도 보냅니다. 그러면 상식적으로 생각할 때 지금의 아이들이 우리들 세대보다 두세 배 더 훌륭하게 자라야 하지 않을까요? 그런데 지금의 아이들은 어려서부터 피아노 칠 줄은 알아도, 혼자서 스스로 하는 능력은 많이 부족합니다. 뭔가를 하기는 하는데, 도대체가 어디 써먹을 데가 없습니다. 절대적으로 잘못 키운 것입니다.

그렇게 되지 않기 위해서는 자녀의 중고등학교 시절에 반드시 이 질문을 자녀에게 해야 합니다.

"공부가 재밌니, 재미없니?"

이 말에 자녀의 반응은 둘로 나타납니다.

"저는 공부가 재미있어요. 계속 공부하게 해 주세요."

그러면 부모는 자녀를 공부 쪽으로 뒷받침해 주면 됩니다.

"저는 공부하는 게 정말 싫어요."

이 말을 들었다면 부모는 이렇게 반응해야 합니다.

"그래? 그럼 공부 그만해라. 더 이상 공부를 안 해도 뭐라고 하지 않

으마. 그러면 네가 할 수 일이 뭔 거 같으니? 미용사가 될래, 음식점을 차릴래, 아니면 자동차 정비 기술을 배울래?"

그래서 자녀가 고등학교를 졸업하면 대학에 보내지 말고, 하고 싶은 일을 배울 수 있는 곳으로 보내야 합니다. 물론 마음은 아픕니다. 다른 집 자식들은 대학 다닐 때, 내 자식은 보수도 적고 힘든 곳에서 일을 하고 있으니까요. 그래도 실망하지 마세요. 자식이 대학을 다니게 되었다면 들어갔을 돈을 적금으로 모으고, 아이 또한 월급을 잘 모으도록 교육해야 합니다. 그리고 그렇게 모은 돈을 4년 후에 자식에게 내주면 됩니다. 그 돈으로 혹시 자식이 사업을 시작했다가 실패로 끝난다 하더라도 어차피 4년 치 대학 등록금을 까먹은 것에 불과합니다.

그런데 자식이 공부를 안 한다는 말을 하면 우리나라 부모들은 대부분 이렇게 반응합니다.

"네가 뭐가 부족해서 공부를 못해? 잔말 말고 공부나 해!"

그렇게 해서 기어이 자식을 대학에 보내고 맙니다. 그런데 이런 자녀는 공부에 흥미가 없기에 대학에 들어가자마자 놀러 다니기에 바쁩니다. 그런 식으로 4년이라는 시간을 보내고 나면 학교를 졸업하더라도 실력을 갖추고 있질 못합니다. 이게 바로 반거충이입니다. 이는 무엇을 배우다가 중도에 그만두어 다 이루지 못한 사람을 뜻합니다. 한마디로 실력 없는 백수가 된 것입니다.

이런 식으로 아이를 키워서는 절대 안 됩니다. 엄마가 이렇게라도 대학을 보내려는 이유는 인생을 길게 보지 못하기 때문입니다. 남들이 대학 갈 때 보내야 한다는 생각만 했지, 조금 돌아서 가더라도 괜찮다는 생각을 하지 못하는 것입니다. 어설프게 뒤쫓는 것은 차라리 잠시 동안 쉬어가는 것만 못한 경우가 많습니다. 사업을 성공한 후에, 대학을 못 나온 것이 한이 된다면 그때 가도 됩니다. 그런데 아직도 많은 부모들이 남들이 다 하는 '그때'에만 해야 하는 줄 압니다. 아무 때나 해도 됩니다. 20살에 또래들과 같이 대학을 다녀도 좋지만, 사업을 성공한 후에 30살에 다녀도 상관없다는 말입니다.

"다른 집 자식들은 모두 대학 다니는데……."

"다른 집 자식들은 모두 메이커 옷 입고 있는데……."

부모들이 이런 성숙되지 못한 자존심을 가지고 있기 때문에 본인뿐만 아니라, 자녀들도 힘든 것입니다. 남과 같이 해서는 쫓아가기에 바쁩니다. 자신만의 주관을 갖고 남과 다른 길을 선택할 때, 그 길이 비로소 넓은 길이 될 것입니다.

나중에 '남들과 똑같이 자식을 키운 게 잘한 것이 아니었구나'라는 반성을 하지 않으려면 부모의 줏대가 절실히 필요합니다.

지금의 대다수 대학 졸업자들은 나이는 20대 중후반이지만, 정신연령은 10대에 불과합니다. 생물학적 나이를 먹는 만큼 정신 연령도 같이 성장해야 했지만, 그러지 못합니다. 당연히 사회 적응력도 떨어집니다. 10대에게 20대가 해야 할 일을 처리하라고 하니, 할 엄두가 안 나겠지요. 그러니 밖을 더 못 나갈 수밖에요. 취직을 하지 못한 대학 졸업자라면 자신감마저 떨어져 더욱 그러하겠지요.

이럴 때는 취직하지 못한 자식에게 빨리 직장에 들어가라고 닦달할 것이 아니라, 10대들도 하고 있는 편의점 알바부터 시켜야 합니다. 이를 통해 자녀의 자신감을 키워 줘야 합니다. 대학 졸업자에게 요구되는 일과 보수가 아닌, 경험을 쌓게 한다는 심정으로 10대 아들로 되돌아가 그에 상응하는 수준의 일을 맡기고 보수를 받도록 해야 합니다. 일단 사회에 적응하는 훈련을 해야 하는 것입니다.

아무리 자식이 대학을 졸업했다고 하더라도, 집에 있는 그는 좋은 직장에 들어갈 실력도 못 갖춘 상태이고, 적응력도 떨어지고, 심지어는 오라는 곳도 없습니다. 그것이 갖춰질 때까지 고등학생들도 할 수 있는 편의점 알바라도 시키라는 말입니다. 그러면서 그때부터 자녀가 잘하는 것이 무엇이고, 평생 하고 싶은 것이 무엇인지 찾도록 도와줘야 합니다.

태평양과 같은 넓은 바다가 있는가 하면, 한강도 있고, 동네 실개천도 있습니다. 내 자녀의 수영 실력이 어느 정도인지 알고 물로 내보내야 합니다. 고작 냇가 정도 수영할 수 있는 실력을 가진 아이를 태평양 한가운데 빠뜨려 놓고 그에게 빨리 수영하라고 재촉하면 앞으로 나아갈 수가 없습니다. 두렵기 때문이죠. 수준에 맞는 개천부터 시작해 실력을 점점 쌓아 더 넓은 바다로 내보내야 합니다.

우리나라 사람들의 문제는 개천에서 수영할 할 줄도 모르면서 처음부터 바다 수영만을 고집하려고 하는 데 있습니다. 그러니 바다가 아닌 곳에서는 수영해 보려는 시도조차 하지 않으려고 하지요. 한마디로 허세입니다.

 인생에는 중요한 원리가 있는데, 바로 '인과응보'입니다. 씨를 뿌린 만큼 거둬들이는 법입니다. 사회생활을 제대로 하는 사람들은 그만큼 실력이 있습니다. 그 실력을 갖추기 전까지는 부모가 생각하는 낮은 수준의 일이라도 자식이 하도록 시켜야 합니다. 그러면서 실력을 키우도록 해야 합니다. 그 실력을 갖추고 난 뒤라야 자식은 자신감 있게 사회생활을 해 나갈 수 있습니다.

취준생 탈출기

우리나라는 현재 전반적인 불경기 탓에 많은 청년들이 취업대란을 겪고 있습니다. 그런데 아무리 취업대란이라고 해도 그 좁은 바늘구 멍을 통과하는 사람들은 반드시 있습니다. 대학 친구 하나둘씩 좋은 회사에 취직했다는 말을 듣게 되면 아직까지 취준생(취업 준비생)인 입 장에서는 '나도 나름대로 열심히 준비한다고 했는데, 왜 나만 취직하 지 못했을까?' 하는 자괴감이 들 수밖에 없습니다. '괜찮아' 하며 스스 로를 다독이다가도 이내 우울해지기도 합니다.

우리 교회 청년들 가운데에서도 제게 이런 고민을 털어놓는 경우가 많습니다. "목사님, 제 친구들은 모두 취업에 성공했는데, 저만 못했 어요. 취업대란 탓에 당분간 취직하기도 어려울 것 같은데, 어떻게 하면 이 힘든 시절을 잘 보낼 수 있을까요?"라고 물어봅니다.

만일 친구들이 좋은 회사에 취직한 것이 단지 운이 좋아서라면 나의 운 없음을 한탄할 수 있습니다. 하지만 실력이 없어서 회사에 취직하지 못했다라고 한다면 내 실력을 키우기 위해 노력할 수밖에 없습니다. 실력이 제대로 갖춰지지 않은 상태에서 대기업에 들어간 경우라면 굉장히 운이 좋다고도 할 수 있지만, 결국 얼마 못 가 회사를 나올 수밖에 없습니다. 업무를 제대로 처리할 능력이 없기 때문입니다.

그런데 당분간 취직하기 어려울 거 같다는 취준생들의 말은 전적으로 잘못되었습니다. 대기업 같은 좋은 회사가 취직하기에 어렵지, 중소기업은 일할 사람이 없다고 아우성입니다. 오죽하면 외국인 근로자를 데려다 일을 시키겠습니까? 그런데 외국인 근로자가 일한다고 해서 근로 조건이 좋지 않을 것이라는 선입견을 가지면 안 됩니다. 의외로 좋은 곳도 많이 있습니다. 다만, 일이 좀 많이 힘들 뿐이지요.

물론 객관적으로 봤을 때 그 중소기업은 대학까지 졸업한 자신의 성에 차지 않을 겁니다. 그런데 현재 실력도 없으면서 자꾸 좋은 대우만 기대하고 있는지 않나요? 그 생각을 버려야 합니다. 일단 작은 기업이라도 들어가 일을 하면서 실력을 키워 보세요.

많은 사람들이 세상은 불공평하다고 말합니다. 하지만 제가 보는 세상은 공평합니다. 한 달에 500만 원 주는 직장에 들어가고 싶은데, 200만 원 주는 곳에서만 나를 오라고 하는 경우가 있습니다. 그러면 지금의 내 실력은 200만 원 수준이 맞습니다. 자신이 아무리 부인해

도 그것이 절대적으로 맞습니다. 거기도 맞지 않으면 150만 원 주는 직장이라도 갈 수밖에 없습니다. 하지만 절치부심하여 부단히 실력을 쌓으면 400만 원 주는 직장으로 이직해 갈 수 있는 기회가 분명 생깁니다.

잠깐은 맞지 않은 듯싶지만, 조정 기간이 끝나면 어느 순간 자기 몸값에 맞는 자리에 가 있습니다. 그것이 세상의 공평한 이치입니다. 그런데 사람들은 그걸 잘 모르기도 하고, 자신의 실력을 잘 인정하려고도 하지 않습니다.

세계적인 육상 선수인 우사인 볼트가 1등으로 결승선을 통과할 때, 2등인 선수가 한참 뒤처져서 들어오는 것이 아닙니다. 거의 같이 들어옵니다. 0.05초 차이에 불과합니다. 그런데 그 찰나의 차이가 얼마나 큰 것인지 많은 사람들이 깨닫지 못합니다.

학교 다닐 때 같이 술 먹고, 담배 피고, 놀았던 친구가 대기업에 들어갔다는 소식을 듣게 되면, 처음에는 "그 친구가 거기에 들어갔다고?" 하면서 코웃음을 칩니다. 이번에는 자기 차례라는 거지요. 그런데 다시 한번 보세요. 1등과 2등의 차이가 불과 0.05초라니까요. 금방 따라잡을 수 있을 거 같지요? 그런데 2등 선수는 끝내 우사인 볼트를 따라잡지 못하잖아요. 그 선수의 이름은 사람들 기억 속에 있지도 않고요. 그럼 취준생은 대기업에 들어간 친구와의 그 조그만 차이를 줄이기 위해 얼마나 노력해야 하는지 아직 잘 모르고 있는 것입니다.

이런 사람들의 특징은 객관적인 현실 감각이 떨어진다는 것입니다.

행복이란, 찾으면 보이는 것

내가 100만 원 월급 주는 직장에서 계속 일하고 있다면, 내 실력은 지금 100만 원 수준에 불과합니다. 만약 200만 원을 받을 수 있는 정도의 실력이 있었다면 벌써 200만 원 주는 곳에서 스카우트 제의가 왔을 것입니다.

한 번 그 직장에 들어가면 정년 때까지 거기에서 일하는 건 다 옛날 이야기입니다. 평생직장 개념은 IMF 외환위기 이후로 이미 사라져 버렸습니다. 대기업에 들어갔다고 평생 거길 다니나요? 아닙니다. 스스로 나오는 경우도 있고, 능력이 없다는 이유로 중간에 잘리는 경우도 많습니다. 그래서 좋은 직장에 들어가더라도 그곳에서 실력을 쌓고 견뎌 내야 평생 갈 수 있는 것입니다.

낮은 수준의 직장에서 계속 머문다는 건 본인이 그곳에서 실력을 업그레이드하지 않고 있다는 증거입니다. 그곳에서 실력을 키우면 좀 더 좋은 회사에서 더 좋은 조건을 제시하며 자신의 회사로 들어오라고 손짓합니다. 그런데 안주하고 노력하지 않으니까 그 자리에 머무는 것입니다.

현재 직장이 없다고 낙담하지 마세요. 그동안 못 키웠던 실력을 키울 좋은 기회입니다. 실력을 갖춘 후에 열심히 도전하다 보면 분명 나를 부르는 곳이 있을 것입니다. 그곳이 친구들이 다니는 좋은 회사는 아닐지라도 말입니다. 그 기회를 발판 삼아 자신을 업그레이드하려고 노력하세요. 계속해서 노력하다 보면 더 좋은 곳으로 분명히 갈 수 있습니다.

감나무에서 감이 떨어지기만을 기다려서는 절대 감이 떨어지지 않습니다. 감나무를 잡고 흔들거나 작대기로 나무에 달린 감을 따려고 노력해야 합니다. 이것이 세상의 법칙입니다. 100만 원어치의 실력이 있는 사람에게 500만 원을 주고, 500만 원어치의 실력이 있는 사람에게 100만 원을 주지 않습니다. 물론 잠깐은 그렇게 될 수 있지만, 결국에는 500만 원짜리의 실력을 갖춘 사람은 500만 원을 주는 곳에 가서 일을 하고 있고, 100만 원짜리 실력밖에 없는 사람은 100만 원 주는 곳에 가서 일을 하게 됩니다.

그래서 내가 500만 원짜리 주는 곳에 가고 싶었는데, 지금 100만 원 주는 곳에서 일해 달라고 연락이 온다면 그게 현재의 실력인 것입니다. 그리고 그게 현실입니다. 그걸 직시해야 합니다.

결국 모든 것은 자기 자리를 찾아가게 되어 있습니다. 세상은 호락호락하지도, 애매하지도 않습니다. 거의 정확합니다. 직장 없는 것을 더 이상 우울해하지 말고, 지금 있는 곳에서 실력을 키우기 위해 최대한 노력하세요.

'죽는' 것과
'죽을 것 같은' 것

우리나라의 남자들은 세 부류로 구분할 수 있습니다. '군대를 다녀 온 남자'와 '군대를 다녀오지 않은 남자' 그리고 '군대를 가지 않는 남 자'입니다. 그만큼 군대는 대한민국 남자들의 영원한 숙제입니다.

예전에는 아이를 유치원이나 어린이집에 보내는 경우가 드물었지 만, 요즈음에는 어려서부터 그런 곳에서 집단생활을 시작하는 경우가 많아졌습니다.

하지만 어려서부터 이런 집단생활에 익숙해졌다 하더라도, 많은 남 자들은 '군대' 가는 것에 대한 두려움을 많이 호소합니다. 병역 면제를 받는 고위층 자제들을 보면서 자신 또한 불법적인 방법을 써서라도 피할 수 있으면 피하고 싶다고 하는 사람도 봤습니다. 그 마음은 충분히 이해합니다. 연애와 결혼생활이 엄연히 다르듯이, 생활관이란 좁은 공간 안에서 여러 명의 남자들과 함께 잠을 자고, 생활한다는 것은 결코 쉽지 않습니다.

그런데 이렇게 군 생활에 대해 유독 자신감이 없는 사람은 이유가 뭘까요? 제가 곰곰이 생각해 보니 아마 군대에 대한 트라우마 trauma(정신적 외상)가 있기 때문이 아닐까 합니다. 그중의 하나가 언론에 가끔 보도되는 군대 내에서 벌어지는 사건사고 탓입니다. 그걸 보면 "나도 군대에서 무슨 일을 당하면 어떡하지?"라는 막연한 두려움이 생길 수밖에 없습니다.

그런데 군대 내에서 일어난 사고를 자세히 들여다보면, 지난 2012년부터 5년간 476명이 죽었다고 합니다. 그런데 일반사회 속에서 일어나는 사건사고보다 결코 더 많은 인원이 아닙니다. 교통사고만 하더라도 2015년 한 해에만 4,621명이 죽었다고 하니, 그만큼 사회에서 죽는 사람이 더 많습니다.

저 역시도 군대 가기 전까지는 그곳에서 생활하는 것에 대해 막연한 두려움을 가지고 있었습니다. 그래서 솔직히 군대를 가지 않을 수만 있다면 가지 않고 싶었습니다. 그런데 제대할 즈음이 되어서는 "내 인생에서 가장 유익했던 곳 중의 하나가 군대였다"라고 자신 있게 말할 수 있게 되었습니다.

군대를 가면 유격 훈련을 받는데, 엄청 힘듭니다. 빨간 모자를 푹 눌러쓴 조교들은 공포의 대상입니다. 그중에서도 '막타워' 훈련이 가장 무섭습니다. 사람이 가장 공포를 크게 느낀다는 11.5m 모형탑에서 뛰어내리도록 하기 때문입니다. 옆에서 선글라스를 쓴 조교가 물어봅니다.

"00번 올빼미(유격 훈련을 받을 때 쓰는 훈련생들의 별칭), 뛰어내릴 수 있습니까?"

이 말에 훈련병은 "네~ 할 수 있습니다"라고 목이 터져라 외치지만, 자신도 모르게 다리는 후들거리고 현기증이 찾아옵니다. 죽을 것 같습니다. 발밑을 한번 흘끗 내려다본 탓입니다. 그 두려움을 이겨 내지 못한 훈련병 중 일부는 그 자리에 주저앉는 경우도 있습니다. 그러나 대다수의 훈련병들은 "강하 준비 끝!"을 외치고 난 뒤 두 눈을 질끈 감고 허공을 향해 과감히 몸을 날립니다. 자신과의 싸움에서 이기는 순간입니다.

막타워를 뛰어내려도 절대 죽지 않습니다. 만약 누군가 거기에서 뛰어내리다가 죽는다면 그 훈련은 이후에 사라질 것입니다. 그래도 막상 위로 올라가서 아래를 내려다보면 죽을 것 같습니다. 그런데 진짜 '죽는' 것하고 '죽을 것 같은' 것하고는 엄연히 다릅니다.

그런 고비를 넘길 수 있는 절호의 기회가 이 훈련병에게 찾아온 것입니다. 이제는 그렇게 뛰어내리고 싶어도 할 수 없습니다. 군대였기 때문에 가능했던 거지요. 막상 뛰어내리고 나면 '별거 아니었구나' 하는 생각이 듭니다.

두려움은 누구에게나 있습니다. 그리고 그 두려움은 살아가는 데 어떤 상황이 되면 또다시 찾아오게 마련입니다. 군 생활은 이런 두려움을 물리칠 수 있는 절호의 기회입니다. 주사가 무섭다고 피해 버리면 당장은 아프지 않아서 좋을 수 있지만, 그로 인해 나중에 질병에 걸릴 수도 있습니다. 잠깐 따끔하더라도 예방주사로 끝내야 병에 걸리지 않고 건강하게 생활할 수 있는 것입니다.

군대를 피하더라도 삶은 이어집니다. 그러니 언젠가 또 다른 두려움이 찾아오게 마련이지요. 직장을 다니든, 사업을 하든 어려움이 닥치면 그때는 어떻게 피할 건가요? 젊은 시절 군대에서 두려움에 맞서 싸워 이긴 경험이 있다면 그걸 견뎌 낼 용기가 생길 것입니다.

어떤 이는 군 생활은 못 견디지만, 사회생활은 견뎌 낼 수 있을 것 같다고 항변하기도 합니다. 두려움의 종류가 다르다고 말하기도 합니다. 물론 그럴 수도 있지요. 하지만 이 말은 맞지 않을 확률이 많습니다. 왜냐하면 군대야말로 모든 이가 평등하게 지내는 곳이기 때문이죠.

그럼에도 군대에 대한 두려움이 정말 가시지 않는다면, 일단 입대를 한 후 상담을 받아 보세요. 요즈음은 병사들의 고충을 들어 주는 상담 제도가 잘 되어 있어서, 개인의 정신력이나 신체적 상황에 적합한 부대에서 근무할 수 있도록 배치해 주기도 합니다. 예전처럼 "무조건 해!"라고 강압적으로 명령하는 시대가 아닙니다. 지휘관들도 군대에서 사고가 일어나는 것을 원치 않기에 그대로 방치하지 않습니다. 오히려 '관심 사병'으로 분류해 세심하게 보살핌을 받습니다.

모든 일은 생각하기 나름입니다. 병역은 국민의 4대 의무 중 하나로, 신체 건강한 남자라면 군대는 어차피 다녀와야 하는 곳이니 선입견을 가질 필요가 없습니다.

그리고 군대는 '사회생활의 축소판'이라는 말이 있습니다. 사회생활을 미리 경험하고, 좋은 사람 사귀는 법을 배운다고 생각하면 결코 밑지는 장사가 아닙니다. 그리고 주한 미군과 같이 근무하는 카투사 같은 경우에는 영어 실력을 더 향상시킬 수도 있습니다. 지난날을 되돌아보고, 앞으로의 미래에 대해서도 고민할 시간이 충분합니다. 그런 의미에서 군 생활은 오히려 자신의 성장을 위한 발판이 되는 셈입니다.

그리고 군대를 제대한 후에는 그에 대한 보상이 따르기도 합니다. 일부 기업에서는 군 생활 경험을 조직생활의 일환으로 보고, 그걸 제대로 해낸 제대 군인에게 취업과 승진에서 가산점을 부여하기도 합니다.

'죽을 것 같은' 것과 '죽는' 것은 엄연히 다르다는 것을 다시 한번 명심하시길 바랍니다.

사회생활을
시작하는 당신에게

　　요즈음 기업에서는 정규직 사원을 바로 뽑지 않고, '인턴사원' 제도를 많이 활용하는 것 같습니다. 청년들도 그 인턴 생활을 통해 사회라는 정글에서 살아남고자 애씁니다. 이들에게 처음인 사회생활을 어떻게 하면 잘할 수 있는지 궁금하지 않을 수 없겠지요?

　　사회생활이란 것은 오래전부터 존재했습니다. 그 사회생활을 성공적으로 해낸 사람들의 이야기를 담은 책들 또한 오래전부터 있었습니다. 그 속에 담겨져 있는 내용들을 참고삼아 내 사회생활에 적용해 보세요. 그러면 사회생활의 성공에 조금 더 가깝게 다가갈 수 있습니다.

　　내 삶의 기준에 맞는 30여 명의 사람들을 골라 그들의 일대기를 기록한 책을 한번 읽어 보면 자연스럽게 사회생활에 성공하려면 어떻게

　　　　　행복이란, 찾으면 보이는 것

살아야 할지가 보일 것입니다. 그래서 그 30여 명의 성공한 삶을 대입해서 살면 되는 것입니다. 성공한 사람들의 강연이나 강의를 듣는 것도 한 방법입니다. 그런데 성공한 사람들의 책을 읽거나 강연을 듣다 보면 그들이 공통적으로 말하는 것이 있습니다.

첫째, 끊임없이 책을 읽어서 자신을 계발하라고 권고합니다. 독서만큼 비용 대비 효과가 좋은 것은 없습니다. 독서는 자신을 업그레이드할 수 있는 가장 효율적인 방법입니다. 어떤 사람들은 너무 바빠서 책 읽을 시간이 없다고 합니다. 그런데 그렇게 말하는 사람의 손에는 항상 휴대폰이 들려 있습니다. 그러므로 바빠서 책 읽을 시간이 없다는 말은 핑계에 불과합니다. 그리고 생각을 정리하기 위해서는 바쁠수록 책을 읽어야 합니다. 독서는 머릿속에 어지럽게 흐트러져 있는 생각을 하나로 모을 수 있는 지혜가 숨어 있습니다. '독서'를 최우선 순위에 두도록 하세요.

둘째, 인간관계를 잘 맺어야 합니다. 이왕이면 상향적인 인간관계가 좋습니다. 인턴사원은 입사 2~3년 된 직원과 관계를 잘 맺어 두면 좋고, 대리는 과장, 과장은 부장과 관계를 잘 맺어 두면 좋습니다. 모든 일은 인간관계를 통해 나타납니다. 현실적으로 업무 능력만 좋다고 해서 사회생활을 성공할 수는 없습니다. 실력과 인간관계가 동시에 어우러져야 성공할 수 있습니다. 실력이 아무리 출중하다고 하더라도 이직하려고 할 때, 내 능력을 인정해 줄 만한 사람이 한 명도 없다고 하면 결국에는 갈 데가 한정적일 수밖에 없습니다. 그리고 아무리 아는

사람이 많다고 하더라도 실력이 변변치 않으면 이것 또한 곤란합니다. 소개시켜 준 사람이 욕을 먹을 수도 있으니까요.

셋째로는 건강을 잘 유지해야 합니다. 머리는 빌릴 수 있어도 건강은 빌리지 못합니다. 조금만 무리하면 골골거리는 사람하고 누가 같이 일을 하려고 하겠어요?

그리고 네 번째로는 가정이 화목해야 합니다. 아직 결혼을 하지 않은 인턴사원에게는 이 말이 당장은 해당되지 않을 수도 있지만, 나중에 결혼을 하게 되면 반드시 지켜야 할 사항입니다. 보통 사람들은 낮에 일하고, 밤에는 잠을 잡니다. 그러면 일하는 낮이 중요할까요, 잠을 자는 밤이 중요할까요? 당연히 일하는 낮이 중요하겠죠.

그런데 여기서 더 중요한 사실 하나가 있습니다. 밤이 밤이 되어야지, 낮이 낮이 될 수 있다는 것입니다. 만약 밤이 밤이 되어 주지 못하면, 낮이 밤이 되고 맙니다. 무슨 말인가 하면, 밤에 잠을 잘 자야 낮에 일을 잘할 수 있는 것이지 밤에 잠을 잘 자지 못하면 결국 낮에 제대로 일할 수 없다는 뜻입니다. 여기서 낮은 직장이고, 밤은 가정입니다. 밤에 잠을 충분히 잠으로써 낮에 충실히 활동할 수 있습니다.

그런데 가정이 무너지면 직장에 나와서도 집안일에 신경 써야 하므로 업무에 전념할 수 없게 되는 것입니다. 일이 손에 안 잡히니까요. 그래서 가정이 평안한 사람일수록 직장생활을 잘한다는 것입니다. 내가 자질구레한 집안일에 신경 쓰지 않고, 직장에 전념할 수 있도록 가족들이 도와주는 것입니다. 결국 가정이 평화로워야 직장에 올인할 수 있어요.

마지막으로 사회생활에 성공하는 사람들은 모방을 잘합니다. 세계적인 축구선수가 되려면, 일단 실력이 좋은 선수들이 경기하는 모습을 계속해서 지켜봐야 합니다. 그들이 경기 때 보여 주었던 플레이 하나하나를 꼼꼼히 분석하고 나서 그것을 반복적으로 연습해야 비로소 그 선수들과 비슷한 수준에 오를 수 있습니다. 아무런 준비 없이 그냥 경기장에 나온다면 조기 축구 수준밖에 되질 않습니다. 그러니 정상에 오를 때까지는 모방하세요. 정상에 이르지 못한 창조는 써먹지 못합니다. 정상에 이르고 나서 자신만의 모습을 창조해 내야 합니다.

바둑도 처음부터 꼼수를 배우면 실력이 늘지 않습니다. 일단 정석을 배워야 합니다. 정석을 배우고 난 뒤 정상 수준에 이르렀다는 판단이 들 때 자신의 수가 나와야 합니다. 그런데 정상급에 도달했음에도 계속해서 정석의 수만 둔다면 상대방은 익숙한 그 수를 이미 알고 있기 때문에 패배당하는 것이 당연합니다. 정상에 이르면 나만의 전략이 나와야 그 수가 통합니다. 정상에 이르지 않았는데도 내 전략을 드러내면 수준이 떨어져서 못 써먹고, 정상급 수준임에도 정석대로 하면 이미 수를 읽혀서 써먹질 못합니다. 운동이든, 바둑이든 '정상에 선 사람들은 어떻게 하는가?'를 일단 숙지해야 합니다.

직장생활도 마찬가지입니다. 일단 직장생활을 성공한 사람들의 일하는 방식이나 태도 등을 배운 다음, 어느 정도의 수준에 이르면 자신만의 방식을 만들어야 하는 것입니다. 모방 없는 창조는 써먹을 수 없는 창조에 불과합니다. 일정 수준에 이를 때까지 직장생활 잘하는 선배들의 일하는 방식을 모방하고, 어느 정도 수준에 이르렀을 때 나만의 방식을 세워 직장생활을 해 나간다면 모두에게 인정받는 사회인이 되어 있을 것입니다.

내성적인
사람들의 힘

사람들은 보통 성격에 대해 '내성적이다' '외향적이다'라고 표현합니다. 그런데 "저는 내성적인 성격이라 직장에서의 대인관계가 너무 어려워요"라고 하소연하는 직장인들을 심심치 않게 봅니다. 사람과의 관계를 잘 맺을 수 있는 것이 그들에게는 생존과 직결된 것이라 절박합니다. 그래서 내성적인 사람들 중에 "어떻게 하면 사람과의 관계를 잘 맺을 수 있을까요?"라며 제게 상담을 요청해 오기도 합니다.

내성적인 사람은 대체로 자신의 속마음을 겉으로 잘 표현하지 않는지라 사람과 친해지는 데 시간이 많이 걸립니다. 또한 무표정한 얼굴을 한 채 아무런 말을 하지 않아 상대방으로부터 화가 났다고 오해를 받기도 하고, 너무 자신만 챙기려는 것 같은 인상을 주기도 합니다. 하지만 일단 관계가 익숙해지면 굉장히 깊이 있는 관계로 발전할 수 있습니다.

반면에 외향적인 성격으로 붙임성이 좋아 사람을 잘 사귀는 사람은 많은 사람을 쉽게 사귀기는 해도, 깊이 있는 만남을 가지는 경우는 극히 적습니다. 휴대폰에 1,000명이 넘는 사람이 등록되어 있지만, 막상 힘들고 어려운 일이 생기면 연락할 사람이 극히 적다는 것이 그 증거입니다. 그러니 '내성적이다' '외향적이다'라고 하는 것은 대인관계에 있어서 별로 중요한 것이 아닙니다.

하지만 사회생활을 잘하려면 상사나 거래처와도 좋은 관계를 유지해야 하고, 때로는 업무상 상대방에게 싫은 소리를 해야 할 때도 있습니다. 또한 사람들은 회식 등 사교적인 자리에도 잘 참석해 분위기를 이끌어 가면서 밝고 적극적인 모습을 보여 주길 원합니다.

그런데 내성적인 사람은 사실 이런 게 잘 안 됩니다. 여럿과 어울리기보다는 혼자 있는 걸 좋아하고, 말을 많이 하기보다는 대체로 들어주는 것이 편합니다. 행동 또한 적극적이라기보다는 소극적인 경우가 많습니다. 그러다 보니 조직생활을 함께 하는 사람들에게 그다지 환영받지 못하지요. 그래서 사람들과의 관계도 나빠지고, 그러다 보면 혼자서 밥을 먹게 되는 경우도 많이 생깁니다.

그러므로 내성적인 사람이 사회생활을 성공적으로 하려면 외향적 성향을 가진 사람과는 대인관계의 방법을 달리 해야 합니다. 많은 사람들을 사귀는 것에 관심을 가지기보다는 적은 소수에 주력해서 사귀

행복이란, 찾으면 보이는 것

어야 하는 것입니다. 직업도 그런 분야를 선택해야 하고요.

새로운 사람을 만나는 것을 두려워하거나 어색해하는 사람이 영업 직종에서 일을 한다면 그것은 난센스입니다. 처음 만나는 거래처 사람들과 친해져야 업무를 원활하게 진행할 텐데, 상대방에게 무슨 말을 꺼내고, 어떻게 행동해야 할지 몰라 안절부절못하면 그것을 보는 상대방 또한 불안해합니다. 그러면 그 일은 제대로 돌아갈 리가 없겠지요. 대신에 혼자서 집중해 성과를 내는 연구원을 한다면 참으로 잘할 것입니다.

반대로 바깥 활동을 좋아하고, 어떤 사람에게든 스스럼없이 먼저 말을 건넬 수 있는 사람이 하루 종일 연구소에서 현미경으로 파리의 움직임이나 관찰하고 있다면, 그야말로 머리가 돌아버릴 지경일 것입니다. 그래서 직장을 구할 때 자기 성향에 맞는 직업을 찾아가는 것이 중요합니다.

세상은 대체로 네 박자 이론으로 돌아갑니다. 재능도 있는 사람이 노력도 하면 1등, 그 분야에서 재능은 없지만 열심히 노력한다면 2등, 재능이 있긴 하지만 그 일을 더 잘하기 위해 노력하지 않으면 3등, 재능도 없는 데다가 노력도 하지 않으면 4등입니다.

모든 사람에게는 선천적으로 가지고 태어난 성향이란 게 있습니다. 당연히 그걸 무시할 수는 없지요. 그렇다고 사람이 타고난 성향대로만 살아가야 하나요? 그러면 '노력'이 들어갈 자리가 없잖아요.

내성적인 사람은 처음 보는 사람에게도 자연스럽게 다가가는 재능은 타고나지 않았습니다. 하지만 좀 더 가까이 다가가려고 열심히 노력하다 보면 결국에는 2등에라도 안착할 수 있습니다. 그런데 문제는 그 조직에서 2등도 용인해 주느냐입니다. 만약 회사에서 그것을 받아들여 주지 않아서 1등만 살아남을 수 있다고 하면 빨리 직업을 바꾸든지, 다른 곳으로 이직을 해야만 합니다.

그런데 요즈음 같이 취업난이 심한 때라면, 내 성격에 꼭 맞는 직업을 구하지 못할 확률이 많습니다. 그렇다면 이럴 때는 '익숙함'을 무기로 삼아야 합니다.

예를 들어 연애를 제대로 하지 못하는 사람이 있다고 합시다. 그 사람이 처음 소개팅에 나갔을 때에는 상대방의 눈을 똑바로 쳐다보지도 못하고, 머리를 숙인 채 식은땀만 뻘뻘 흘립니다. 당연히 상대방에게 뭘 물어봐야 할지도 모릅니다. 그는 연애는커녕 분명 카페를 나서기도 전에 여자에게 차일 것입니다.

그렇지만 내성적인 사람이 또다시 소개팅을 하게 된다면, 그때는 『소개팅 100퍼센트 성공하는 법』 같은 책도 읽고, 소개팅 고수들에게 조언도 들어서 상대방에게 "뭐 마실래요?"라고 한마디 정도는 할 수 있을 것입니다.

그런 식으로 10번 정도 소개팅을 하다 보면, 처음 할 때보다는 훨씬 능숙하게 말도 잘하고, 행동 또한 자연스러워질 것입니다. 여러 가지 노력을 통해 그 소개팅 자리가 그만큼 익숙해졌기 때문입니다. 이것이 재능과 노력의 조화합니다.

행복이란, 찾으면 보이는 것

내성적인 사람이라고 할지라도 '난 원래 그래'라고 생각해 체념하기보다는 어차피 사회생활을 해야 한다면 좀 더 적극적으로 '노력'을 해야 합니다. 아무런 노력도 하지 않는데, 저절로 이루어지는 일은 절대 없습니다. 행복해지기 위해서는 그만큼의 적극적인 노력이 필요합니다.

행위가 의식을 규정합니다. 상대방에게 먼저 다가가 편하게 말을 걸기 어렵다면 많은 말이 필요 없는 운동을 정기적으로 같이해 보는 것도 어색함을 없애는 방법 중 하나입니다. 또는 처음부터 솔직히 "저는 너무 내성적이라 말을 잘 못합니다. 일부러 그러는 것이 아니니까 이해해 주세요"라고 밝히면 상대방과의 관계가 한결 부드러워질 수 있습니다. 그리고 상대방이 고민이 있거나 어려운 일을 겪고 있는 것 같으면 그 고민을 묵묵히 들어 주고 함께 해결해 주려고 노력해 보세요. 또한 의례적인 말이라도 먼저 "고맙다"라고 얘기해 주고, 가끔은 상대방에게 먼저 웃어 주는 것도 좋은 방법입니다.

이처럼 굳이 말을 많이 하지 않더라도 사람들에게 다가가는 방법은 다양합니다. 주눅 들지 말고 눈치 보지 않고 당당하게 해 보겠다는 각오만 되어 있다면 내성적인 사람 또한 의외로 쉽게 인간관계가 잘 풀릴 수 있을 것입니다.

내 남친은
청소부

부부 의사를 만난 적이 있었습니다. 남편은 내과 전문의이고, 아내는 산부인과 전문의입니다. 의술 실력도 출중해 우리나라에서 인정받으며 물질적으로도 풍족하게 잘 사시던 분들입니다. 그런데 이 부부는 지금 교회에서 의료선교팀으로 파송을 받아 몽골 빈민촌에서 의료사역을 하고 계십니다. 워낙 열악한 상황이라 고생이 이만저만이 아닙니다. 그런데 그분들은 아무런 불평 없이 보람차게 그 일을 잘 감당해 내고 있습니다.

높은 사회적 지위에 올랐다고, 많은 재산을 가졌다고 해서 반드시 행복을 경험하는 게 아닙니다. 스스로 낮아진 자리 속에서도 삶의 의미를 찾고, 행복을 충분히 느낄 수 있습니다. 이것이 수긍된다면 행복

행복이란, 찾으면 보이는 것

한 인생을 살 수 있습니다. 그래서 나 역시 행복해지기 위해 이런 마음으로 살아가야 하고, 또한 높은 사회적 지위까지 올라갈 능력이 충분함에도 스스로 낮은 자리로 내려온 사람들에게는 격려와 칭찬을 해 주면서, 그것을 이해하려고 해야 합니다.

이런 분들은 진정한 삶의 '보람'이 무엇인지 아는 사람들입니다. 하지만 대부분의 사람들은 보람 대신 삶의 '기쁨'밖에 모릅니다.

내가 밤낮없이 열심히 일을 해서 돈을 많이 벌게 되면, 그것은 기쁜 일입니다. 그런데 그 애써 모은 돈을 가난하고 어려운 사람들을 위해 썼다면, 그것은 굉장히 보람된 일입니다.

"기껏 가난한 사람들 도와주려고 그렇게 고생해 가면서 돈을 벌었나요?"

나와 내 가족이 잘 먹고 잘 사는 것을 목표로 삶을 살아가는 사람들이 보기에는 보람을 추구하며 사는 사람들이 잘 이해가 되지 않습니다. 그래서 그렇게 살아가는 것을 힐난하는 사람도 분명히 있습니다. 하지만 보람된 일을 추구하는 사람에게는 그렇게 사는 것이 당연한 일이자, 자신이 행복해지는 길입니다.

"돈 벌어서 왜 남에게 다 퍼 주냐?"

"난 다른 사람들한테 돈을 나눠 주기 위해서 돈을 벌거든."

언뜻 이해가 가지 않는 두 사람의 대화입니다. 하지만 이렇게 보람된 삶을 살고자 하는 사람들이 많아질 때, 좋은 사회가 만들어질 것입니다.

그런데 만약 남이 아닌 내 남자친구나 남편이 잘 다니던 대기업을 그만두고 그런 보람된 삶을 살고 싶다고 하면 어떻게 하실 건가요? 그는 깨끗해진 거리를 보면 그렇게 기분이 좋다고 하네요. 그래서 청소부가 되겠다고 합니다. 보수도 적지 않은 편이라고 하면서 말이죠.

이 말에 여자친구나 아내가 동의하면 별 문제가 안 됩니다. 하지만 여자친구가 청소부의 더러워진 옷보다는 말끔한 정장을 입고 사무실에 앉아 일하는 남자친구의 모습을 원한다면 갈등이 생길 수밖에 없습니다. 그녀는 아무리 직업에 귀천이 없다고 하지만, 사무직이 청소부보다 더 낫다라고 생각할 수도 있습니다.

우리는 분명히 학교에서 '직업에는 귀천이 없다'라고 배우고, "세상에 직업의 귀천이 어디 있느냐?'고 말하기도 합니다. 하지만 귀천이 왜 없습니까? 현실적으로 당연히 있지요. 특히 남의 시선에 민감한 우리나라 사람들에게는 아직까지도 이런 편견이 심합니다.

그래서 그걸 남들이 하면 거리를 깨끗하게 하는 좋은 일을 한다고 칭찬할지 몰라도, 내 가족들 중 누군가가 막상 그 일을 하겠다고 하면 꺼려지는 게 사실입니다. 환경미화원으로 살아간다는 것은 보람되지만, 분명히 힘든 길입니다. 그래서 처음부터 '환경미화원'을 직업으로 삼고자 하는 사람들은 거의 없습니다. 이 일이 남들이 부러워하고 자랑스러워할 만한 직업이라면 부모들이 먼저 나서서 자식들에게 환경미화원이 되라고 등을 떠밀겠지요.

사회적 지위나 대우 등을 고려했을 때 우리나라에서는 솔직히 초등

행복이란, 찾으면 보이는 것

학교 교사보다는 대학 교수가 더 낫습니다. 그래서 대학으로부터 교수 제의가 온다면 아마 대부분의 교사들은 대학으로 자리를 옮겨 갈 것입니다. 그런데 개중에는 초등학교에 남는 것을 선택하는 교사들도 있습니다. 이들에게는 사회적 지위나 대우보다는 아이들에 대한 애정이 더 중요하니까요. 이처럼 실력도 되는 사람이 현재보다 훨씬 더 열악한 일을 직업으로 선택하고자 한다면 분명히 이유가 있을 것입니다.

서로 의견이 다를 때는 협상의 기술이 필요합니다. 그러므로 둘의 의견이 충돌하고 있는 상황이라면 일단 서로의 말을 잘 들어 보았으면 합니다. 먼저 남자친구는 왜 군이 남들이 꺼리는 '환경미화원'을 직업으로 선택하려고 하는지를 여자친구에게 잘 설명해 주어야 합니다. 그리고 또한 환경미화원을 직업으로 삼겠다고 생각했으면 행동을 통해 그 진심을 보여 줘야 합니다. 그래서 남자친구는 일단 자원봉사로 동네 청소부터 시작해 봐야 합니다. 그 일을 하면 할수록 스스로가 느낄 것입니다. 이 일을 직업으로 삼아도 되는지를요. 자신은 보람된 일을 하고자 하는 '고귀한 사람'이고, 직업의 귀천을 따지는 여자친구에 대해서는 '속물'이라고 단정해서는 결코 안 됩니다. 어려운 선택을 할 때에는 선택에 대한 공감대 형성이 중요합니다.

그리고 여자친구 또한 남자친구가 열심히 노력하는 모습을 보이면, 한번쯤은 생각을 달리 해 볼 필요가 있습니다. 특히 기존의 부정적인 이미지가 아닌, 지금의 환경미화원이 어떤 대우를 받으며, 어떻게 일하는지도 한번 잘 알아보세요.

불과 10여 년 전만 하더라도, '환경미화원은 대표적인 3Ddirty·difficult·dangerous(더럽고 힘들고 어려운 분야의 일) 업종이었지만 지금의 시청이나 구청 소속의 환경미화원은 하고 싶다고 해서 모두 다 할 수 있는 것이 아닙니다. 내가 골라서 갈 수 있는 선택적인 직업이 아니란 뜻이죠.

이제는 중소기업의 관리자급에 상응하는 연봉을 받고 60세까지 정년이 보장되는 무기계약직입니다. 더군다나 근무 시간도 오후 3시까지입니다(비록 새벽에 일찍 일을 시작하지만). 그래서 오후 시간을 충분히 활용해서 또 다른 일을 하거나 자기계발도 할 수 있습니다. 이에 반해 대기업 직원은 보기에는 번듯해 보일지 몰라도, 매일 폭주하는 업무를 처리해 나가기에도 바빠 야근은 물론이고, 주말 근무도 해야 하는 경우가 많습니다. 그렇게 하더라도 50세가 넘으면 대부분 그 자리를 떠나야 합니다. 이게 현실입니다.

그래서 이제는 환경미화원 공고가 날 때마다 수백 명의 지원자가 물밀 듯이 몰립니다. 지원자의 절반이 대졸 이상이고, 심지어는 해외에서 석·박사를 딴 해외파들이 지원하기도 합니다. 사회적 인식도 많이 바뀌었습니다. 아마 나중에는 대기업에 입사하는 것만큼 환경미화원 되는 것이 어려워질 수도 있습니다.

여자친구가 '화이트칼라'를 고집하는 것은 개인적인 선호도와 관련된 문제이니 이해할 수 있습니다. 하지만 선진국에서는 이미 화이트칼라와 블루칼라의 경계가 없다고 합니다. 우리나라도 앞으로 그렇게

행복이란, 찾으면 보이는 것

바뀔 확률이 높습니다. 그러니 여자친구도 무조건 화이트칼라만을 외칠 게 아니라 시대적 변화에 맞춰 다시 한번 남자친구의 직업에 대해 현실적인 고려와 진정한 삶의 의미를 생각해 보는 것이 필요하다고 봅니다.

창업은 도피
아닌 도전

"대학은 꼭 가야 하나요? 공부보다는 얼른 창업해 돈을 많이 벌면 되지 않을까요?"

대학 입시에 실패한 학생들이 단골로 하는 질문입니다. 그러면 보통 부모님들은 "우리나라에서는 대학을 나와야 제대로 사회생활을 할 수 있어"라고 대꾸합니다. 둘 중에 과연 누구의 말이 더 옳을까요?

"대학은 필요없다"고 말하는 사람들은 주로 마이크로소프트사를 설립한 빌 게이츠나 전 애플 CEO였던 스티브 잡스, 또는 페이스북 CEO인 마크 주커버그를 예로 듭니다. 맞습니다. 이들은 모두 대학 중퇴자들이며, 공부보다는 사업이 하고 싶어 대학을 그만두었습니다. 그리고 이후 이들은 모두 성공한 사업가가 되었습니다.

행복이란, 찾으면 보이는 것

하지만 이런 질문을 하는 사람들이 모르는 것이 하나 있습니다. 이들은 모두 대학 입시에 실패해 창업을 선택한 것이 아니란 사실입니다.

빌 게이츠와 마크 주커버그만 하더라도 세계적으로 유명한 하버드대학 중퇴생이고, 스티브 잡스 또한 미국에서 손꼽히는 리버럴 아츠 칼리지(인문학과 과학을 동시에 중요시하며 폭 넓은 독서와 실습 위주로 커리큘럼을 짠 자유 인문대학 - 편집자 주)인 리드대학을 1학기만 다니고 중퇴했습니다. 이유는 학비가 너무 비쌌기 때문입니다.

이들은 창업을 위해 철저하게 준비하는 삶을 살았습니다. 빌 게이츠는 학창 시절부터 컴퓨터 프로그래밍에 푹 빠져 살았고, 주커버그 또한 컴퓨터 프로그래머인 아버지의 영향으로 13살부터 프로그래밍을 시작했습니다. 그리고 '창조적인 천재' '혁신의 아이콘' 등으로 불렸던 스티븐 잡스는 자신이 무엇을 원하는지 분명히 알았습니다. 그렇기에 모든 것을 한꺼번에 바꿔 버리는 혁신적인 제품을 만드는 것이 세상에서 가장 의미 있는 일이라 생각하고, 그 일에 매진하였던 것입니다.

물론 대학을 나오지 않고도 충분히 큰일을 해낼 수 있습니다. 부정하지 않습니다. 그런데 문제는 빌 게이츠나 스티브 잡스, 마크 주커버그는 기초가 탄탄하였고, 이를 실행할 만한 능력이 있었다는 것입니다. 그런데 대학을 갈 실력도 없을 뿐만 아니라, 아무런 준비도 없이 무작정 창업을 한다는 것은 무모해 보입니다. 단지 '대학 입시 실패'라는 오명을 피해 '창업'이라는 도피처를 찾으려고 해서는 절대 안 됩니다.

무엇보다 우리나라에서 창업을 해서 성공한다는 것이 현실적으로 정말 힘듭니다. 100명 중 5명이 성공합니다. 수입이 월 100만 원에 불과한 사업자 또한 5곳 중 1곳입니다. 창업해서 다 성공할 것 같으면 누가 시도하지 않겠습니까? 창업해서 성공하는 것이 이렇게 어렵다는 것을 안다면, 아마도 열 중 아홉은 공부를 선택할 것입니다. 일반적으로 가장 쉬운 것이 학교 공부라고 합니다. 반면에 실력이 있는데도, 성공을 보장받지 못하는 것이 바로 사업이라는 것입니다. 사업해서 살아남는 것이 그만큼 어려워요.

만약 고등학교를 졸업한 후에 취업을 했다고 합시다. 그런데 대학을 졸업한 직원과 고졸 직원 간에는 월급이나 진급 면에서 차이가 너무 큽니다. 인식이 많이 바뀌어 가고 있기는 하지만, 좋은 일자리를 얻기 위해서는 아직까지 절대적으로 대학을 나와야 유리합니다. 한마디로 사람대접을 받을 수 있다는 말입니다.

사회생활을 하고 있는 부모는 그걸 압니다. 그래서 힘들더라도 자식에게 굳이 대학을 가라고 권하는 것이지요. 반면에 아직 사회생활을 해 보지 않은 자식의 입장에서는 그것이 피부로 와 닿지 않기 때문에 대학 가는 것이 시간 낭비라고 고집하는 것일 수도 있습니다.

공부만 잘하라는 말이 아닙니다. 그런데 그 쉬운 학교 공부도 못하면서 다른 것은 잘할 수 있을 것 같다는 것은 이론에 불과합니다. 그래서 다른 일을 잘하기 전에 공부부터 잘해 놓아야 하는 것입니다. 쉬운 공부조차 잘하지 못하고, 다른 것을 잘한다는 것은 확률적으로 어렵습니다.

물론 공부를 잘한다고 사회에서 성공하는 것은 아닙니다. 물건 살 때 더하기 빼기 잘하고, 한글만 제대로 읽어 계약서나 문서 같은 것의 뜻을 정확히 파악할 수 있을 정도면 사회생활을 해 나가는 데 아무런 지장이 없습니다. 솔직히 중고등학교 시절에 했던 공부는 교양이라서 이후에 계속해서 학문을 하고자 하는 사람이 아니고서는 실질적으로 써먹을 데가 거의 없습니다. 그럼에도 중요한 이유는 공부가 다른 것을 잘할 수 있는 능력을 배양하는 데 기초가 되기 때문입니다. 그래서 공부가 중요하다고 하는 것이지요.

절대 도피를 위해 창업을 선택해서는 안 됩니다. 그렇게 한들 결코 성공할 수 없습니다. 그리고 당장의 일만을 보지 마세요. 시간이 지날수록 고졸과 대졸 간의 격차가 점점 더 벌어집니다.

'대학 입시'라는 첫 관문을 실패하게 되면 큰 좌절감을 느낍니다. 친구들은 원하는 대학에 척척 들어갔는데, 자신만 실패해 패배자가 되었다는 생각도 들 것입니다. 가족들 볼 면목도 없다는 생각 또한 들 것입니다. 그렇지만 합격자들 명단 뒤에는 그보다 더 많은 불합격자들이 있습니다.

만약 대학 입시에 실패했다면 일단 잠시라도 여행을 하면서 지친 몸과 마음을 휴식해 보세요. 그리고 조용하게 자기를 돌아볼 수 있도록 시간을 가지세요. 그런 후에 목표 대학과 학과를 정해 놓고 다시 공부를 시작해 보세요. 목표가 없는 공부는 반드시 실패합니다. 이때 정말 최선을 다해야 합니다. 그런 마음가짐으로 대학 입시를 다시 치른 후 당당하게 부모님께 대학 합격증을 보여 드리세요.

그리고 그 이후에도 대학을 진학하는 대신 여전히 사업을 해야겠다는 마음이 있다면, 부모님을 설득하세요. "왜 대학보다는 창업을 해야 하는지"를요. 사업은 '설득'의 연속입니다. 왜 반드시 내 제품을 선택해야만 하고, 내가 제공하는 서비스를 제공받아야 하는지 고객들을 설득해야 합니다. 그들이 동의할 때 그 상품과 서비스를 선택하는 것입니다. 그러니 고객들은 고사하고, 부모님을 설득하지 못한다면 말이 안 되겠지요?

어설프지만 최선을 다해 쓴 사업계획서를 보여 드리고, 말과 행동을 통해 부모님을 설득하세요. 부모님께서 그 정성에 감동해 오케이를 하시면 그때 학교를 가지 않고, 사업을 시작해도 늦지 않습니다. 지금은 조바심이 나서 무언가를 당장 시도하는 것이 중요하다고 생각할지 몰라도, 100세 인생에 1~2년 늦는다고 별 문제 없습니다.

그리고 무엇보다도 인생에서 이미 무언가를 성공한 경험은 중요합니다. 나중에 사업을 하다가 어려움이 찾아왔을 때, '그때의 어려운 대학 입시도 성공했는데, 내가 이까짓 것 못 헤쳐 가랴?' 하는 생각이 들면서 이를 악물고 그 어려움을 헤쳐 나갈 수 있습니다.

제3장

행복한 연애,
달콤한 결혼

연애의 목적

예전과 달리, 이제는 중고등학교도 남녀공학이 많아져서 남학생과 여학생 간의 만남이 자연스러워지고 있습니다. 이들은 쉬는 시간이 되면 둘이서 딱 붙어서 시시덕거리는가 하면, 학교가 끝난 후에도 교복을 입은 채 당당히 팔짱을 끼고 학원으로 들어가기도 합니다. 까까머리에 검은색 교복을 입고 선생님 눈을 피해 몰래 동네 빵집에서 세라복 입은 단발머리 여고생을 만났던 제 고등학교 시절과 비교하면 격세지감을 느낍니다.

이렇게 이성에 눈을 뜨게 되는 혈기 왕성한 중고등학교 시절은 그야말로 연애하기에 '딱' 좋은 시기입니다(요즈음에는 초등학생들도 이성 교제를 한다고 합니다). 하지만 많은 부모들은 중고등학생 자녀가 연애

하는 것을 탐탁지 않게 여깁니다. 대부분 대학을 들어간 후에나 남친('남자친구'의 줄임말)이나 여친(여자친구)을 사귀라고 하시지요. 그러면 자식들은 "왜 초중고 시절에는 연애를 하면 안 되느냐?"고 반발하고, 부모님들은 "아이가 하라는 공부는 안 하고 남친(여친) 타령만 한다"고 속상해합니다.

청소년들의 데이트 또한 보통의 연인들과 다르지 않습니다. 같이 맛있는 것을 먹으러 가거나 영화를 보고, 백화점이나 아울렛 같은 쇼핑센터에 가서 아이쇼핑을 즐기기도 합니다. 또한 노래방에 가거나 카페에 앉아서 노닥거리기도 하고 날씨가 좋으면 공원을 산책하기도 합니다. 그런데 이런 것을 하느라 정작 공부할 시간이 없습니다. 그래서 대부분의 부모님들이 연애를 하지 못하도록 하는 것입니다.

그럼 중고등학생 자녀는 이렇게 항변할 수 있겠지요. 연애도 잘하고, 공부도 잘하면 되지 않느냐고. 그런데 대부분 연애를 하게 되면 공부를 잘하지 못합니다. '대학 진학'이라는 한 가지 목표에 집중하기도 쉽지 않은데, 책 위에 사랑하는 여학생의 얼굴이, 남학생의 미소가 그려지는데, 글자가 눈에 들어오겠어요? 또한 하루 종일 전화기를 붙잡고 통화하고 메시지를 보내느라 책 볼 시간이 없습니다.

또한 청소년기는 유전학적으로 아직 뇌 발달이 다 이루어진 상태가 아니므로 충동적이고 중심을 잡는 능력이 떨어지게 마련입니다. 그러니 연애에 빠지면 온통 거기에 마음을 쏟을 수밖에 없습니다.

그리고 연애를 하게 되면 탁 트인 넓은 공간보다는 은밀하고도 비밀스러운 공간에 둘만 있어 싶어 합니다. 스킨십을 하고픈 거지요. 그런데 한창 불타오르는 중고등학생들에게는 이것을 자제할 능력이 상대적으로 떨어집니다. 그렇게 되면 소위 말하는 '사고'가 터질 확률이 높습니다.

또 청소년 시절에는 가치관이 제대로 정립되어 있지 않은 시기입니다. 나이가 들면 이 가치관은 바뀔 확률이 높습니다. 이 말은 어렸을 적에 선택한 사람은 결국 바뀔 수밖에 없다는 것을 의미합니다. 당시 내 눈에 날개 없는 천사처럼 보였던 그 여학생, 이 세상에서 가장 멋진 남자처럼 보였던 그 남학생을 시간이 흐른 뒤에 보게 되면 '그때는 내 눈이 잘못되었구나' 하는 것을 금방 알아차리게 됩니다. 그래서 어느 정도 가치관이 정립된 다음에 연애를 해야 하는 것입니다.

그리고 청소년 시기의 연애는 오래가기가 어렵습니다. 한 조사에 의하면 겨우 3퍼센트만이 첫사랑과의 결혼에 성공했다고 합니다. 그럼 나머지 97퍼센트는 중간에 헤어졌거나 다른 사람과 결혼을 했다는 뜻이겠지요. 지금은 당연히 그 사람과 절대 헤어지지 않을 거라고 호언장담하겠지만, 이처럼 첫사랑과 결혼까지 골인하는 비율은 통계적으로 상당히 희박합니다. 그러므로 중고등학교 때 연애하는 사람은 내 평생의 짝이 아닙니다.

한창 연애를 즐기고 있는데, 왜 고리타분하게 결혼을 들먹이느냐고 할 수도 있습니다. 그런데 평생 연애만 하는 커플은 없잖아요? 현실적으로 연애의 끝은 결혼을 하거나 이별함으로써 완성되는 거지요. 성

행복이란, 찾으면 보이는 것

인이 된 후에 연인과 헤어지게 되면 그나마 이성적으로 제어할 수 있어서 상처가 덜 아픈데, 한창 감수성이 예민한 중고등학교 때 연애하다 헤어지면 그 상처가 이루 말할 수 없이 큽니다. 그걸 감당할 수가 있겠어요? 그리고 어차피 헤어질 사람한테서 왜 그 상처를 미리부터 받으려고 하나요?

이렇게 이야기했음에도 불타는 청춘을 막을 길이 없다는 것도 잘 압니다. 그럼 이렇게 해 보면 어떨까요?

일단 부모님 말씀대로 공부를 열심히 해서 대학교에 입학한 후에 남친이나 여친을 만나는 것입니다. 중고등학교 때 연애를 해서 대학교에 못 가는 것보다 대학교에 가서 연애하는 것이 훨씬 더 낫지 않을까요? 이는 대학 졸업자와 고등학교 졸업자의 사회적 대우가 엄청나게 크기 때문입니다.

우리 사회에는 대졸과 고졸의 임금 격차가 엄연히 존재하는데, 그 차이가 37퍼센트 정도라고 합니다. 만약 고졸자가 100만 원을 받는다면 대졸자는 137만 원을 받는 셈이지요. 그리고 고졸자는 대졸자보다 3배 이상 긴 시간을 투입해야 제대로 된 일자리를 구할 수 있다고 합니다. 그러니 연애를 하려면 대학에 가서 하는 게 좋지 않을까요?

지금 연애를 시작하고, 또 그 만남이 이어져 결혼까지 간다면 정말 고생합니다. 중고등학교 때 연애라는 달콤한 것 이외에는 다른 것을 생각하지 못하는 사람이 가장이 되었을 때 어떻게 안정감을 주겠어요?

이성에 눈을 뜨게 되는 중고등학교 시절에 꽂힌 사람이 분명 한두 사람은 있을 것입니다. 그리고 드디어 운명의 짝을 찾았다고 생각하고, 평생 그 사람만 바라보며 살 수 있을 것 같다는 생각을 합니다. 하지만 꽂혔다는 것은 어떤 매력 때문에 이끌렸다는 뜻인데, 그렇게 확 꽂힌 사람은 확 떠나 버립니다. 사랑의 유효 기간은 생물학적으로 짧으면 9개월, 길어야 3년입니다. 이런 사람들이 나중에 이구동성으로 하는 말들이 있습니다.

"그 사람하고 결혼했으면 큰일 날 뻔했다."

확실한 연애 상대자는 도서관에서 열심히 공부하고 있는 사람입니다. 도서관에 있는 사람은 지금 미래를 준비하고 있습니다. 그러니 정 연애가 하고 싶다면, 도서관에서 만나세요. 당신의 사랑과 미래를 위해. 하지만 그것이 생각만큼 쉽지 않다는 것도 명심해야 합니다.

연애
잘하는 법

봄이 왔습니다. 들뜬 마음으로 달콤한 연애를 시작하기에 딱 좋은 시기죠.

요즈음은 취업대란으로 인해 대학 캠퍼스의 낭만이 사라졌다 하더라도, 그래도 '연애'는 대학 생활의 꽃입니다. 대학 때 연애를 시작해 결혼에 골인하는 커플도 많이 봤습니다. 일명 C.Ccampus couple(캠퍼스 커플)라고 하지요.

그래서 대학 시절에 연애를 제대로 하지 못한다면 이것도 대학 생활을 잘하는 것이 아니라고 생각합니다. 혹시 학교에 마음에 드는 여학생이 있나요? 그 여학생과 어떻게 하면 잘될 수 있을지 궁금하지 않나요?

호감이 있는 여학생에게 다가가려면 무엇보다도 진정성이 필요합니다. "내가 당신을 좋아한다"는 것을 가감 없이 표현해야 합니다. 간혹 자신을 포장하기 위해 과장되게 행동하는 경우를 종종 볼 수 있는데, 그건 상대방에게 부담을 줄 수 있습니다. 사실은 그 여자애를 좋아하면서 칼로 고무줄 끊고 도망가는 유치한 행동은 초등학생이나 대학생이나 상관없이 모든 여자들이 다 싫어합니다. 이는 요즈음 젊은 연인들에게 유행하는 밀당(남녀 간의 미묘한 심리 싸움)을 하지 말라는 말입니다. 차라리 당당하게 "너랑 사귀고 싶어!"라고 말하는 사람에 대해 호감을 가질 확률이 높습니다.

그래서 만약 호기심 있는 만남을 갖게 되면, 내가 말을 많이 하기보다는 상대방의 눈을 바라보고 귀를 쫑긋해서 상대방이 무슨 이야기를 하는지 잘 들어 주세요. 이게 참 중요합니다. 말을 잘 듣다 보면 그 사람이 좋아하는 것이 무엇인지, 무엇을 원하는지 알 수 있게 됩니다. 이것을 잘하면 아름다운 연애를 시작할 수 있을 것입니다.

그런데 한 가지 당부하자면, 이렇게 해서 연애를 시작하게 되더라도 절대 '진도를 빼기 위한 연애'는 하지 마세요. 신神과 사랑을 하는 것이 아니기 때문에 연인 간에는 스킨십이 빠질 수 없습니다. 그렇지만 연애를 할 때 그것이 중심이 되어서는 안 됩니다. 그러면 결코 끝이 좋지 않습니다.

제가 생각하기에 연애의 완성은 '결혼'입니다. 그래서 좋은 직장을 갔지만, 결혼을 하지 못했다면 인생에서 굉장히 중요한 것을 놓쳐 버

행복이란, 찾으면 보이는 것

린 것입니다. 좋은 직장에 다니는 사람이 대개는 결혼을 잘합니다. 현실적으로 서로의 직장을 보고 사귀는 경우가 많거든요. 우리나라 배우자의 첫째 조건으로 '경제력'이 늘 상위에 올라 있는 것이 그 증거입니다. "대기업에 다니는 사람도 회사원에 불과해"라고 폄하하는 사람들도 있지만, 현실적으로 우리나라의 대기업 정규직 근로자는 10퍼센트에 불과합니다.

그래서 대학 때 아무리 마음에 드는 학생을 사귀었다고 하더라도 직장이 건실하지 못하면 거의 대부분 헤어지고 맙니다. 부모들이 나서서 반대하기 때문입니다. 직장도 변변치 않은데, 결혼하면 우리 딸 고생시킨다고요.

그런데 좋은 직장에 들어가면 여자들이 줄을 섭니다. 오는 여자를 붙잡는 것은 쉬워도, 가는 여자를 막는 것은 정말 어렵습니다. 그래서 별것도 없는 사람이 연애하기가 힘든 것입니다. 두말할 필요 없이 결혼은 더 힘듭니다. 오히려 대학 때 연애하지 않고 잘 준비해서 좋은 회사에 들어간 사람이 그 여자의 남편이 됩니다.

연애는 잘했는데, 취업이 안 된 경우와 연애는 못했지만, 취업이 잘 된 경우라면 어느 쪽이 나을까요? 당연히 후자가 낫지요. 그렇다면 연애만을 위한 연애가 아닌, 취업을 중심으로 한 연애를 해야 합니다. 미래 지향적 연애를 해야지, 현실 만족적 연애를 하게 되면 반드시 문제가 생깁니다. 그러한 연애를 하고 싶다면 여자가 이렇게 말하면 됩니다.

"당신의 S그룹 입사가 확정되는 날, 우리 만나기로 해."

연애를 통해 남자가 성공할 수 있어요. 이게 좋은 연애입니다.

반대로 이 여자, 저 여자 뒤꽁무니만 따라다니고, 모텔만 전전하는 연애는 패가망신의 지름길입니다.

언젠가 지방 집회에 갔을 때, 그곳 교회에 다니는 예쁘장하게 생긴 한 여고생을 알게 되었습니다. 그런데 그 여학생은 아이돌 그룹을 쫓아다니느라 정신이 없었습니다. 그러니 제대로 공부를 할 리가 있겠어요? 그래서 제가 그 여학생에게 슬쩍 물어보았습니다.

"그 아이돌 그룹 멤버가 그렇게 좋니? 그럼 그 사람이 결혼하자고 하면 너는 그냥 결혼하겠구나."

이 말에 여학생은 눈이 동그래지며 대답했습니다.

"그걸 말이라고 하세요?"

그래서 제가 다시 물어봤습니다.

"그럼 내가 그 멤버와 결혼하는 간단한 방법을 알려 줄까?"

"어떻게요?"

정말 그 여학생은 그 멤버와 당장이라도 결혼할 태세였습니다. 그래서 저는 이렇게 대답해 주었습니다.

"네가 사법고시에 합격하거나 법학전문대학원을 나와서 여검사가 되면 돼. 그때 청혼하면 아마 그 멤버가 결혼을 허락할 거야."

그 여고생이 진짜로 제 말을 듣고 공부를 열심히 해 검사가 되었다고 하면 얼마나 좋은 일인가요? 바로 아이돌 그룹 멤버 덕분입니다. 그 아이돌 그룹을 좋아해서 하루 종일 무작정 따라다닌 학생들은 단지 팬에 머물지만, 열심히 노력해서 위치를 상승시키면 그 멤버 중 한 명과 결혼할 확률이 높아집니다. 이게 진정한 연애입니다.

연애가 시너지 효과를 내는 셈이지요. 부모의 힘으로도 안 되는 것을, 사랑하는 남자 또는 여자의 힘으로, 상대방의 잠재능력을 한없이 키워 내는 겁니다. 정말 아름다운 연애의 모습이 아닌가요? 그런 연애를 하세요.

연애 때문에 내 삶이 망가지는 것이 아니라, 내 삶의 모습과 지위가 상승하는 것, 그런 연애 말입니다.

결혼을 꼭 해야만
하는 이유

　요즈음 결혼 관련 통계 기사를 보면, "결혼은 해야만 한다"는 사람이 10명 중 5명에 불과합니다. 결혼에 대해 부정적인 사람들에게 그이유를 물어보면 "결혼을 꼭 해야 하나요? 평생 연애만 하거나 혼자서재미있게 살고 싶어요"라고 대답합니다. 부모 입장에서는 결혼 안 하겠다고 버티는 자식을 보면 속이 터집니다. 결혼을 해서 가정을 꾸려야 자녀의 인생이 더 행복해질 텐데 말입니다.

　결혼하지 않겠다는 자녀의 말은 혼자서만 기쁨을 누리고 싶다는 뜻입니다. 달리 말하면, 둘이 결혼해서 사는 기쁨을 아직 맛보지 못했다는 뜻이기도 합니다. 물론 혼자서 즐기는 기쁨도 큽니다. 하지만 결혼의 기쁨은 그보다 훨씬 더 큽니다. 반면에 혼자서 겪어 내야 하는 고통

　행복이란, 찾으면 보이는 것

도 있습니다. 또한 결혼해서 겪는 고통도 있습니다.

그런데 혼자보다 둘이서 기쁨을 더하고, 고통을 나누는 것이 더 낫습니다. 왜냐고요? 기쁨은 더하면 더 커지고, 고통은 나누면 더 작아지기 때문입니다.

혼자 고통에 빠지면 자살합니다. 만약 사업에 실패한 사람이 처자식이 없다면 '나 하나 죽으면 끝'이라는 생각에 자살을 선택할 확률이 큽니다. 그런데 죽으려고 할 때 사랑하는 처자식이 눈앞에 아른거린다면 자살하지 않을 것입니다. 이는 처자식이 내 고통을 덜어 갔기 때문입니다.

만약 결혼을 했는데, 괴롭고 힘든 일만 있다면 많은 사람들이 끝까지 결혼을 하지 않으려고 해야 합니다. 그런데 통계를 보면 "결혼은 절대 하지 말아야 한다"라고 대답하는 경우는 3퍼센트에 불과합니다. 결혼에 대해 결사반대하는 사람이 100명 중에 3명에 불과하다는 말입니다. 이 말은 결혼을 하려고 나름대로 노력했다가 결혼이 이루어지지 않아서 '결혼은 나랑 인연이 없는가 보다, 그럴 바에는 차라리 혼자 살고 말지'라고 결정해서 결혼을 포기한 거지, 원래부터 독신을 생각해서 결혼을 하지 않은 사람은 몇 명 없다는 것을 뜻합니다.

그래서 결혼을 하지 않는 편이 더 낫다는 말은 자기 합리화일 뿐입니다. 정말로 좋은 사람이 나타났으면 벌써 시집 장가를 갔을 것입니다. 그렇다면 "사실은 결혼을 하고 싶었는데, 제대로 된 인연을 만나지 못해서 결혼을 하지 못했어요"라는 말이 솔직한 표현입니다.

"결혼하면 시댁 챙기랴, 아이 돌보랴, 집안일 하랴 정말 힘들다는 얘기를 많이 들었어요, 그래서 혼자 살래요."

이 말은 변명에 불과하다는 것입니다. 사실 제대로 된 임자를 못 만났을 뿐입니다.

정말 좋아하는 사람이라면 눈을 감아도 보이고, 눈을 떠도 보입니다. 하늘에 떠 있는 별이라도 따다 줄 만큼 사랑하는 사람을 만난다면 그런 소리를 하지 않습니다. 주위의 시선 따위는 아랑곳하지 않고 어떻게든 그 사람과 결혼해서 그 숱한 어려움을 같이 헤쳐 나가려고 노력할 것입니다.

그럼 많은 사람들이 왜 아직 결혼을 하지 못했을까요? 솔직히 말하면, 누가 욕심내서 데려갈 만큼 매력적이지 않아서입니다.

길거리에 들꽃들이 무성한 이유는 그 꽃을 꺾어다가 집에 둘 만큼 아름답지 않아서입니다. 정말 들꽃들이 아름답다면 모든 사람들이 그 꽃들을 따서 자신의 집에 있는 화병에 꽂아 둘 것입니다. 결국 상대방에게 어필한 만한 매력이 없기 때문에 결혼하지 못하고 여태까지 혼자 있는 것입니다.

한때 '골드 미스'란 단어가 유행한 적이 있었습니다. 일반적으로 높은 학력과 경제적 능력을 갖춘 미혼 여성을 뜻한다고 합니다. 그런데 솔직히 말하면, 골드가 아니라 '올드' 미스입니다. '노처녀'를 뜻하는 말처럼 들릴까 봐, '올드'를 단지 '골드'로 바꾼 것뿐입니다.

골드 미스들이 이제 50대에 들어섰습니다. 겉으로는 "역시 결혼하

행복이란, 찾으면 보이는 것

지 않길 잘했지"라고 말하지만, 속으로는 '아, 결혼할걸, 결혼할걸' 하면서 후회합니다. 왜냐하면 여기저기 몸이 아프기 시작하니까, 두려움이 생기기 때문입니다. 이전에는 건강했기 때문에 별 걱정이 없었는데, 이제는 몸이 아프니까 '만약 내가 죽으면 누가 알지?' 하는 걱정이 생깁니다.

그래서 "결혼을 하고 싶어도 할 수 없었던 사람이 결혼을 못해 놓고는 이제 와서 자꾸 엉뚱한 변명을 하는 게 아니냐?"라는 질문이 꼭 틀리다고 말할 수 있겠습니까? 골드 미스들이 나이 때문에 어쩔 수 없이 체념해서 그냥 사는 것뿐인지, 정말로 행복한 것은 아닙니다. 이런 외로움을 겪지 않고자 했다면 제때 내 형편에 맞는 사람하고 결혼을 했어야 한다는 말입니다.

결혼을 하지 않는 것은 사회 병리 현상의 일종입니다. 바이러스가 병을 옮기듯, 결혼을 늦게 하고 결혼을 하지 않으려는 바이러스가 지금 우리나라에 퍼져 있는 것입니다. 직장생활에 제대로 적응하지 못한 사람이 직장을 포기하듯, 결혼에 대해 용기를 내지 못해 결혼을 두려워하는 것입니다. 주변에 이혼한 부부들 몇 쌍을 보고는, 결혼하면 자신도 저렇게 될 거 같다고 생각해 아예 결혼을 하지 않으려고 하는 것입니다. 제가 보기에는 '결혼 기피' 바이러스는 치료받아야 합니다. 우리 사회가 왜 이렇게 되었을까요? 바로 엄마들이 자식들을 잘못 키웠기 때문입니다.

제 아내가 어느 날 설거지를 같이하자고 하더군요. 그 말을 듣자마자, 저는 단칼에 턱도 없는 소리하지 말라고 했습니다. 왜 그렇게 반응했느냐고요? 제 어머니가 그렇게 가르쳤기 때문입니다. 어려서부터 제가 부엌에 들어가려고 하면 어머니는 화를 내시며 제 등을 떠밀었습니다.

"어서 나가지 못해? 남자는 이런 데 들어오는 거 아냐."

이 말 대신 어머니가 만약 "벌써부터 우리 아들이 엄마 도와주러 부엌에 들어오는 거야? 참 착하구나. 그래, 남자도 부엌일을 할 줄 알아야 해. 지금은 엄마를 잘 도와주고, 결혼해서는 네 아내를 이렇게 잘 도와라" 하고 말씀하셨다면 아마 아내와 함께 설거지를 하는 것이 큰 문제가 되질 않았을 것입니다. 그러면 여자들이 결혼을 미루는 중요한 이유 중의 하나인 '가사 노동에 대한 부담'도 조금은 줄어들 거고요. 이는 어머니들이 아들을 남편용으로 키워서 장가를 보내지 않고, 아들용으로만 키운 탓입니다.

아내들은 남편이 아닌 큰아들하고 사는 꼴입니다. 그러니 결혼생활이 당연히 힘들 수밖에요. 그래도 이것은 조금 나은 편입니다. 큰아들이라고 생각해 아내가 조금씩 가르치면서 살면 되니까요.

그런데 이제는 엄마들이 한걸음 더 나아가 아들을 왕자로 키웁니다. 마찬가지로 여자도 공주로 자라납니다. 왕자나 공주는 지시만 할 뿐입니다. 그리고 그 지시대로 일이 이루어지지 않으면 상대방에게 불같이 화를 냅니다.

결혼을 한 후에는 '내가 그동안 잘못 자랐구나'라는 것을 깨달아야

행복이란, 찾으면 보이는 것

하는데, 이걸 깨닫지 못하고 계속해서 왕자와 공주로만 있으려고 합니다. 그러니 서로 못 살겠다는 소리가 쉽게 나올 수밖에 없습니다. 잘못 자란 후유증을 결혼하고 나서 심각하게 앓는 것입니다.

"당신은 왕자가 아니야, 남편이야. 그리고 나도 당신의 시종이 아니라고."

결혼을 하게 되면 용도 변경을 해서 살아야 하는데, 그런 기술이 요즘 청년들에게는 많이 부족합니다.

엄마들에게 부탁드립니다. 아들을 장가보내고 싶다면 '왕자'가 아닌 '남편'으로, 딸을 시집보내고 싶다면 '공주'가 아닌 '아내'로 키우도록 하세요.

또 결혼에 대한 부정적인 시각을 갖게 된 것은 각 가정에서 부부가 행복하게 사는 모습을 자녀들에게 못 보여 줘서이기도 합니다.

"우리 엄마 아빠처럼 결혼해서 행복하게 살고 싶어"라는 말보다는 "에후, 엄마 아빠를 보니까 결혼은 안 하는 게 좋겠어"라는 말이 자녀의 입에서 나오도록 부부가 살아오지는 않았는지 반성해야 합니다. 자녀들이 결혼을 하지 않는다고 걱정하는 대신, 평소에 결혼생활을 제대로 못해 자녀들로 하여금 결혼에 대해 부정적인 시각을 갖도록 한 건 아닌지 되돌아봐야 한다는 것입니다. 그래서 "자식이 결혼을 안 하려고 해요"라는 한탄보다는 "우리 부부 사는 모습을 보고 자식이 결혼을 하지 않으려고 해요"라는 말이 더 정확한 표현입니다.

그리고 "결혼은 현실이야"라고 말하면서 결혼에 대해 자녀들에게 위협감을 주는 부모들도 있습니다. 물론 결혼은 부부가 실제 생활을 같이 하는 것입니다. 하지만 진정 자녀들이 결혼해서 잘 살길 바란다면 이런 말도 자제하는 게 좋습니다. 결혼해서 벌어질 수 있는 있는 여러 가지 현실적인 상황들에 대해 충분히 설명한 후, 그 결과에 대해 스스로 책임질 수 있도록 하는 게 더 현명한 방법이라 생각합니다.

또한 결혼은 조화입니다. 서로 좋아해야 결혼이 성사되는데, 나는 A를 좋아하지만, A는 B를 좋아합니다. 그리고 정작 B는 나를 뒤에서만 좋아합니다. 좋아하는 관계는 이렇게 얽히고설킵니다. 왜냐하면 좋아함의 관계는 평등적 관계가 아니라 상향적 관계이기 때문입니다.

쉬운 예를 들면, 내가 초등학교만 졸업했으면 초등학교를 나온 사람이랑 결혼하면 되는데 자꾸 중학교 나온 사람과 결혼하려고 합니다. 그런데 중학교 나온 사람이 초등학교 나온 사람과 결혼하려고 하나요? 그 사람은 고등학교 나온 사람과 하려고 하지요. 외모도 내가 예쁘지 않으면 마찬가지로 예쁘지 않은 사람과 하면 됩니다. 그런데 예쁜 사람은 예쁘지 않은 사람과 할 리가 없지요. 다 위만 봅니다. 이 내용을 오해하지 않았으면 합니다. 이건 학력이 낮은 사람을, 그리고 얼굴이 예쁘지 않은 사람을 비하하려는 의도가 아닙니다. 네 자신의 수준을 알라는 말도 아닙니다. 다만 보편적으로 수준이 맞지 않는 경우에 연애는 할 수 있을지 몰라도, 결혼까지 가기에는 현실적으로 우여곡절이 많다는 뜻입니다.

집안도 평범하고, 외모도 평범한 여자가 잘생긴 남자 연예인인 현빈과 결혼하겠다고 합니다. 그런데 현빈도 그 여자와 결혼한다고 할까요? 드라마에 나오는 재벌과 평범한 여자의 결혼은 그야말로 로또 당첨만큼이나 확률이 희박합니다. 그래서 그 내용이 인터넷에도 나오고 하는 것입니다. 그런 만남이 일상적인 일이라면 굳이 기삿거리로 등장할 리가 없겠지요.

결혼을 하려면 눈이 멀어야 합니다. 그래서 결혼을 할 시기가 되면 신께서 잠깐 눈을 멀게 하십니다. 그게 잘못된 것이 아닙니다. 콩깍지가 씌워지지 않으면 결혼이 이루어지지 않습니다. 말을 바꾸면 결혼을 하지 않고 혼자 살겠다고 하는 사람은 콩깍지가 씌워지지 않은 것입니다.

여자는 대체로 14살 전후로 생리를 시작합니다. 아이를 가질 수 있는 몸이 된다는 의미입니다. 이 말은 그때부터는 아이 낳고 살 수 있다는 말입니다. 그런데 중학생에 불과한 14살은 너무 어립니다. 그러면 20살쯤 되면 충분합니다.

20살에 결혼을 해서 바로 아이를 낳아 키우면 엄마가 60살이 되었을 때 아이의 나이가 40살입니다. 그런데 엄마가 40살에 결혼을 하면 아이 나이가 20살에 불과합니다. 어느 것이 나을까요? 당연히 20살에 결혼하는 것이 더 낫지요.

또 20살에 결혼해서 아이를 낳으면 엄마 나이 28살에 아이가 학교에 갈 수 있습니다. 반면에 40살에 결혼하면 48살에 아이를 학교에 데리고 가야 합니다. 어느 것이 나을까요? 당연히 20살에 결혼하는 것이 더 낫습니다. 그러므로 결론적으로 20살에 결혼하는 것이 더 좋습니다.

그런데 왜 그때 결혼을 하지 않을까요? 주변을 보니까 30살, 40살 넘은 남녀들이 그때까지도 결혼을 하지 않고 있기 때문에 20살에 결혼을 하게 되면 자신이 빠르다고 생각하는 착시 현상에 빠져 버렸기 때문입니다. 만약에 15, 16살에 결혼하는 문화가 형성되어 있다면 20살에 결혼하는 사람을 노처녀·노총각이라고 놀려 댈 것입니다. 참고로 카자흐스탄이나 우즈베키스탄 같은 중앙아시아 여성의 결혼 적령기는 만 16~19살입니다. 20살만 넘어도 노처녀란 소리를 듣습니다.

지금 우리나라의 젊은이들이 결혼에 대해 갖고 있는 생각이 결코 객관적이지 않습니다. 착시에 빠져 있을 뿐입니다. 주변이 전부 다 그러고 있으니까요.

제 생각으로는 여자 나이가 23살이 넘으면 늦은 것입니다. 남자도 25살이 넘으면 늦은 것입니다. 그런데 많은 사람들이 35살이 넘었어도 결혼을 하기에 조금 늦었다고 생각하면서도, 아직 늦지 않았다고 자꾸 합리화를 시키고 있습니다. 그런데 자기 합리화를 한다는 것은 이미 늦었다는 것을 시인하는 꼴입니다. 결혼이 너무 늦어져서도 안 됩니다.

물론 결혼 연령은 시대에 따라 달라질 수 있습니다. 일제강점기 때에는 14살 전후로 결혼을 많이 했습니다. 그렇지 않으면 여자는 위안부로 끌려가고, 남자는 징병이나 징용을 갈 수 있는 상황이었으니까요. 그래서 대부분 빨리 결혼을 시켰습니다. 그런데 그것으로 인해 이후에 크게 잘못된 것이라도 있었나요? 아니잖아요.

요즈음은 경제적 이유에서 결혼을 꺼리기도 합니다. 그런데 형편이 안 됨에도 남들처럼 무조건 '아파트 전세'를 외치는 것도 한번쯤 생각해 보아야 합니다.

오히려 200만 원 버는 남자가 혼자 살면 대개는 200만 원 전부를 써 버리는 경우가 많습니다. 마찬가지로 200만 원 버는 여자 또한 혼자 살면 200만 원 전부를 다 씁니다. 그런데 둘이 결혼해 살면 수입이 400만 원으로 늘어납니다. 그 수입 중에 250만 원 지출이면 충분합니다. 이미 살고 있는 집으로 한쪽이 이사 가면 되니까요. 월세는 지불했으니, 가스비와 수도세, 부식비만 추가적으로 지불하면 됩니다. 그러면 150만 원은 저축할 수 있습니다.

후회의 관점에서 보면 결혼을 해도 후회하고, 하지 않아도 후회합니다. 또한 즐거움의 눈으로 보면 결혼을 해도 즐겁고, 하지 않아도 인생을 즐겁게 삽니다. 결혼을 하고 후회하는 것이 결혼을 하지 않고 후회하는 것보다 더 낫고, 결혼하고 행복한 것이 결혼을 하지 않고 행복한 것보다 더 낫습니다. 그러므로 결혼은 무조건 해야 합니다.

이 남자와
결혼할까요, 말까요?

딸의 결혼이 별로 탐탁지 않은 엄마가 억지로 딸을 데리고 점집에 옵니다. 그리고 한 무속인이 점을 봅니다. 그러고 나서 던지는 그녀의 한마디 말.

"지금 만나는 사람하고 결혼하면, 그 사람 3년 안에 죽어!"

딸은 깜짝 놀랍니다. 그러고는 되묻습니다.

"정말 그 사람하고 결혼하면 3년 안에 죽는다고요?"

그때 무속인은 지그시 뜬 눈으로 딸을 바라보면서 한마디 더 던집니다.

"그 남자, 전에 바람피우다가 걸린 적 있지?"

그러면 딸은 여지없이 바닥에 주저앉고 맙니다. 정말 과거에 남자가

　　　　　행복이란, 찾으면 보이는 것

바람피우다가 걸려서 한 번 용서해 준 적이 있었거든요. 설령 두 번째 말이 사실이 아니라고 해도 상관없습니다. 이렇게 바꿔 말하면 되니까요.

"당신이 그 남자를 너무 믿어서 몰랐던 거야. 그래도 이제는 정리했어."

이렇게 말하면 딸은 분명히 무속인의 말에 넘어갈 수밖에 없습니다.

일부 부모들 가운데 자식이 지금 만나는 사람과 결혼하는 것을 반대하고 싶을 때 무속인을 이용하는 경우가 있습니다. 무속인의 입을 통해 "그 사람과 결혼하면 3년 내에 죽는다" "당장에 헤어지지 않으면 큰일난다"라고 말하도록 시킵니다. 그런 말을 들으면 딸의 입장에서는 꼭 믿는 건 아니라 하더라도 찜찜합니다. 그래서 "그 남자와 결혼을 해야 할까, 말아야 할까?"라는 고민이 생길 수밖에 없습니다.

무속인의 말을 듣고 찜찜하다고 하는 것은 이미 무속인의 말에 넘어갔다는 말입니다. 처음에 딸은 무슨 궁합이냐며 펄쩍 뛰었겠지만, "그 사람 진짜 용하대"라고 말한 엄마 뒤를 따라나섰다는 것은 이미 무속인의 말을 신뢰하기로 마음속에서 결정한 셈이고, 거기에다가 과거에 남자가 바람피운 사실까지 맞췄으니 미래의 일도 사실일 거라고 추측을 하게 된 거지요. 그러니까 찜찜한 거고요. 전혀 신경을 거슬리지 않을 말을 했다면 이렇게까지 찜찜하지 않았을 것입니다.

그런데 무속인의 말은 일종의 암시 기술에 불과합니다. 위협으로 느껴지는 말을 해서 겁을 먹게 하고, 자신의 말을 믿게 하는 심리 전략일 뿐이라는 거지요. 그러므로 이런 협박조로 말하는 무속인은 반드시 경계해야 합니다.

만약 무속인이 "지금 만나는 사람하고 결혼하면 3년 내 강남에 큰 빌딩을 마련할 수 있어"라고 말했다면 기분 좋게 "정말요? 지금 하신 말씀이 맞으면 제가 크게 한턱 단단히 낼게요. 호호호" 하면서 기분 좋게 집으로 돌아갔겠지요? 일종의 기분 좋은 덕담이라고 생각하고 말이죠. 그래서 그 말을 믿고 서둘러 결혼했는데, 3년이 지나서 빌딩은커녕 전셋집도 못 벗어나는 신세라면 어떻게 하실래요? 다시 그 무속인에게 가서 따질 건가요? "그 사람하고 결혼하면 잘살 거라고 하지 않았느냐?"고요?

결국 무속인의 말 때문에 결혼을 하고, 하지 않고 결정한다는 것은 잘못된 것입니다. 결혼은 나와 배우자 될 사람이 서로 맞느냐, 맞지 않느냐에 따라 여부를 결정해야 합니다. 그를 사랑하면(성격, 외모, 성실성, 경제력 등등을 포함) 결혼하는 것이고, 그와 결혼할 만큼 사랑하지 않는다면 결혼하지 않으면 된다는 말입니다.

그리고 무속인이 찝찝한 말을 했다는 자체가 중요한 것이 아니라, 사실 무속인의 말이 맞느냐, 안 맞느냐가 중요한 것입니다. 만약 무속인의 말이 맞는다고 하면 그가 잘 산다고 하면 잘 살아야 하고, 못 산다고 하면 못 살아야 합니다. 그런데 그 말대로 이루어지는 경우가 과연 얼마나 될까요?

고루한 말이라 할지 몰라도, 서로 사랑하면 노력에 따라 삶을 개척할 수 있습니다. 사랑과 노력을 자신이 아닌, 누군가의 말에 맡긴다는 것은 한마디로 책임감 없는 행동일 뿐입니다.

인생은 스스로 책임져야 합니다. 부부가 같이 살다가 이혼하게 되면 무속인 핑계를 댈 것인가요? 무속인의 말이 아니라 부부가 잘못 살았기 때문에 이혼한 것입니다. 변명에 불과합니다. 무속인의 한마디 말에 흔들린다면 인생의 줏대와 책임감이 부족하다는 증거입니다.

그런데도 사람들은 왜 무속인에게 끌릴까요? 빠질 수밖에 없는 매력이 있기 때문입니다. 그것은 무속인이 지나간 일에 대해서는 가끔 맞추기도 한다는 것입니다. 그들이 모시고 있다는 귀신이 알려 준다고 하지요. 물론 귀신의 존재 여부에 대해서는 논란의 여지가 많지만, 영적 체험을 한 저로서는 귀신의 존재를 믿습니다.

그런데 그 귀신이 할 수 있는 것이 과거의 일에 그친다는 것입니다. 그래서 가끔 지나간 일에 대해서는 맞추기도 하는 것입니다. 자녀의 결혼이 탐탁지 않았던 엄마가 무속인에게 미리 귀띔했을 수도 있고요. 아니면 넘겨짚은 말에 불과할 수도 있습니다. 넘겨짚은 말에 괜히 끌려가지 말고, 겁을 주는 확정적인 말에 큰 영향을 받지 말아야 합니다.

그런데 사람들은 살아온 것을 맞추면 앞으로 살아갈 일에 대해서도 맞출 수 있다는 착각을 하게 됩니다. 과거와 미래는 엄연히 다릅니다. 아무도 미래에 대해서는 알 수 없습니다. 미래는 자신이 만들어 가는 것입니다.

만약 무속인의 말에 흔들리고 있는 자신을 발견한다면, 자신과 배우자 될 사람과의 관계를 한번 더 신중하게 생각해 보세요. 그 사람과 결혼해 행복하게 잘 살 자신이 있다면 부모님이 반대하더라도 결혼을 추진해도 무방하지만, 그 반대의 경우라면 결혼을 멈추어야 합니다.

콩깍지는
3년이면 벗겨진다

사랑하면 눈에 콩깍지가 씌워집니다. 콩깍지가 씌워진 상태에서는 사물을 원래의 모습대로 볼 수 없습니다. 오직 그 사람만 보입니다. 그래서 용감해집니다. 다른 사람들의 조언을 내 사랑을 시기, 질투하는 소리로 치부해 버립니다. 그래서 눈에 콩깍지가 씌워져야만 결혼을 하겠다는 결심이 서게 되는 것입니다.

그런데 자식은 눈에 콩깍지가 씌워져서 그 사람과 너무 결혼하고 싶은데, 부모님이 결사반대하는 경우도 있습니다. 그럴 경우, 딸의 입장에서는 부모에게 불효를 저지르는 것 같아 '반대하는 결혼이라면 하지 말아야 할까?'라는 고민을 하지 않을 수 없습니다.

결혼을 하려면 여름과 겨울을 반드시 겪어 봐야 합니다. 여름은 서

행복이란, 찾으면 보이는 것

로 뜨겁게 사랑했을 때이고, 겨울은 정말 얼굴을 마주 보기도 싫을 정도로 상대방이 싫어졌을 때를 말합니다. 그때가 되면 콩깍지도 모두 벗겨집니다. 그럼 현실을 볼 수 있게 됩니다. 그리고 그때서야 주변 상황이 눈에 들어오기 시작합니다. 부모의 말 또한 제대로 들립니다.

그 두 계절을 모두 거치고 나서도 그 사람이 여전히 좋으면 결혼해도 됩니다. 하지만 그런 과정 없이 결혼하게 되면 반드시 땅을 치고 후회하게 될 것입니다. 그때 가서 부모의 말을 듣지 않은 것을 죄스레 생각해도 소용없습니다. 그대로 힘든 결혼생활을 지속하든지, 아니면 이혼을 선택할 수밖에 없습니다. 그러니 부모가 반대하는 결혼에 대해서는 신중하게 생각해 볼 필요가 있습니다.

그런데 만약 이런 상황이라면 부모님께도 당부 드리고 싶은 말이 있습니다. 물론 부모의 눈에는 콩깍지가 씌워지지 않은 상태입니다. 그러니 자식들보다 인생 경험이 다양한 부모 입장에서는 자식이 마음에 들지 않는 사람을 집에 데리고 오면 결혼해서 고생길이 훤히 보인다고 생각하겠지요. 하지만 부모님의 그 인식이 제대로 된 것인지는 다시 한번 생각해 보셔야 합니다.

'고슴도치도 제 새끼는 함함하다'는 말이 있습니다. 그래서 모든 부모는 애지중지하게 키운 자기 자식에 대해서는 아무리 부족하더라도 좋게만 보려는 경향에 있습니다. 이 때문에 부모님들 가운데 내 자식의 수준에 대해 지나치게 과대평가하는 경우도 일부 있습니다. 즉 지금 자녀가 결혼하겠다고 데리고 온 사람이 내 자식의 수준에 맞는 사람임에도 불구하고, 내 자식은 더 잘난 사람과 맞는다고 착각할 수 있다는 거지요.

만약 그런 경우라면 빨리 부모님이 눈높이를 낮춰야 합니다. 그렇게 하지 않으면 자녀를 평생 결혼시키지 못할 수도 있습니다.

간단히 예를 들면, 자식이 대학을 나왔고 인사드리러 온 사람 또한 대학을 나왔다면 수준이 맞는 것입니다. 그런데 이 부모는 자식을 대학원 졸업한 사람과 결혼시키고 싶어 합니다. 그러면 성에 안 차는 사람이니 부모 입장에서는 반대를 하겠지요. 그럴 때는 "난 저 사람 마음에 안 든다"라고 두루뭉술하게 말하지 말고, 자식에게 결혼을 반대하는 이유에 대해 명확하게 말해 줘야 합니다.

"나는 네가 그 사람보다는 대학원 나온 사람과 결혼했으면 한다."

이 말을 들은 자식이 부모님의 말이 합당하다고 생각되면, 물론 당시에는 이 말이 귀에 잘 안 들어오겠지만, 현실적으로 한 번 더 생각해 볼 여지가 있습니다.

결혼은 현실입니다. 동화 속 주인공처럼 평생 알콩달콩하게만 살아가지 못합니다. 결혼하면 대부분 콩깍지가 바로 벗겨지거든요. 결국에는 콩깍지가 벗겨진 부모의 시각으로 돌아간다는 말입니다. 그래서 자녀 또한 "난 사랑만 있으면 돼"라고 외치지 말고, 한번쯤은 콩깍지가 벗어진 눈으로도 볼 줄 알아야 합니다. 냉정하게 현실적으로 한번 생각해 보라는 거지요.

만약 이런 고민을 해 보지도 않은 채 "내가 살지, 엄마가 살아요?"라

며 끝까지 자기 고집을 피운다면 불행한 결과에 이를 수밖에 없습니다. 부모 또한 "저 사람은 싫다"며 무작정 반대만 하다가는 결국 '자식 이기는 부모 없다'는 말처럼 자식에게 끌려갈 수밖에 없습니다.

그런데 만약 부모의 말에 순종하는 자식이라면 부모님이 반대하셨을 때 이렇게 말하겠지요.

"엄마, 그럼 나한테 대학원 나온 사람을 소개시켜 줘요."

그렇게 된다면 부모가 마음에 드는 대학원 나온 사람을 자식 앞에 데려다주면 됩니다. 물론 부모가 소개시켜 준 사람에 대해 자식은 퇴짜를 놓을 확률이 큽니다. 콩깍지가 씌워진 상태이니 다른 누군들 눈에 들어오겠어요?

하지만 만에 하나라도 만약 소개받은 사람이 마음에 들어 사귀게 되면 오히려 부모님의 축복 속에 결혼을 하게 될 수도 있습니다. 이것이 서로에게 좋은 결과입니다.

결국 부모가 자녀의 결혼을 반대한다고 하면 일단 부모와 자식 둘 다 시간을 가져야 합니다. 그러다가 어느 정도 시간이 지나고 나면 부모들이 먼저 "아직까지도 그 사람하고 헤어지지 않은 걸 보니 어쩔 수가 없구나. 둘이 결혼해라"라고 하든지, 아니면 자식 스스로가 콩깍지가 벗겨져서 포기하는 상황에 이르게 될 것입니다.

설거지하는
남편이 아름답다

"좋은 남편 같은 소리하고 있네."

어느 날, 제가 아내에게 "나 같이 '좋은 남편'하고 사는 걸 고마워해야 해"라고 말하자마자, 아내가 내뱉은 말입니다.

아내를 위해, 그리고 가족을 위해 참으로 열심히 살아왔다고 생각했는데, 이런 말을 들었으니 제 기분이 좋을 리가 있겠어요?

그래서 저도 대번에 "내가 인물이 빠지나, 경제적으로 힘들게 했나, 아니면 딴 여자에게 눈을 돌리기라도 했나……. 나 정도면 '좋은 남편'이지"라고 쏘아붙였습니다.

그러자 아내는 한숨을 내쉬면서 말했습니다.

"아내인 내가 '내 남편은 참 좋은 남편이야'라고 생각할 때 좋은 남편인 거예요. 당신의 기준에 맞는다고 다 맞는 게 아니란 말이죠."

그 말을 들은 저는 망치로 머리를 맞은 듯 머리가 '띵' 하고 울렸습니다. 저는 이제껏 '좋은 남편'이라고 생각했지만, 그건 제 기준이었던 것입니다.

인터넷을 검색해 보면 '좋은 남편, 좋은 아내가 되는 법'이라는 것이 주르륵 나옵니다.

좋은 남편이 되기 위한 10계명

1. 항상 아내에게 사랑과 관심을 표현하라.

2. 결혼기념일과 아내의 생일은 절대 잊지 마라.

3. 아내의 옷차림과 외모 변화에 민감하라.

4. 아내가 해 준 음식에 대해 고마운 마음으로 먹어라.

5. 아내 또한 집안의 한 축임을 잊지 마라.

6. 아내에게 마음의 상처를 주지 마라.

7. 다툼이 생겼을 때, 아내에게 무조건 양보하라.

8. 경제권은 아내에게 주도록 하라.

9. 아내의 취미를 존중하라.

10. 아내의 장점에 대해 계속해서 말해 주라.

좋은 아내가 되기 위한 10계명

1. 가정의 가장 큰 상비약은 칭찬과 격려다.

행복이란, 찾으면 보이는 것

2. 불평과 짜증으로 요리하지 말고, 사랑을 가득 담아 요리하라.

3. 항상 얼굴에 미소를 지어라.

4. 남편을 감동시켜라.

5. 남편만의 '동굴'을 인정해 주어라.

6. 다른 남편과 내 남편을 비교하지 마라.

7. 수입으로 남편을 평가하지 마라.

8. 남편의 성적 요구를 무시하지 마라.

9. 남편과 좋아하는 취미생활을 함께하라.

10. 친정보다 시댁을 우선시하라.

그렇지만 이건 일반적인 것입니다. 내 아내를 위한, 내 남편을 위한 것이 아니라는 말입니다. 그래서 좋은 남편, 좋은 아내에 대한 정답은 없습니다. 그 기준이 전부 동일하지가 않기 때문입니다. 그래서 좋은 남편, 좋은 아내가 되기 위해서는 바로 옆에 있는 내 남편과 아내에게 물어보아야 합니다.

"여보, 내가 어떻게 해 주면 당신이 좋겠어?"

이 질문에 남편이나 아내가 대답할 것입니다. 그러면 그것들을 쭉 노트에 적어 내려갑니다. 그리고 그것들을 하나씩 맞춰 주면 됩니다.

제 아내 같은 경우에는 '함께 설거지하기'가 그중에 하나였습니다. 그러니 아무리 앞에 제시된 예들을 모두 실천했다고 하더라도, 제가 좋은 남편에 들어갈 수가 없었던 거지요.

무엇보다도 좋은 남편, 좋은 아내가 되려면 공감대 형성이 참으로 중요합니다. 드라마를 좋아하는 아내를 위해 남편도 같이 드라마를 보면서 맞장구쳐 주거나 아내 또한 남편이 좋아하는 등산을 같이 가 보세요. 그러다 보면 그것과 관련한 다양한 이야기를 하게 되고, 그에 따라 생각이 맞춰져 가게 됩니다. 그래서 같이 쇼핑을 가거나 산책을 하는 것도 한 방법입니다. 같이 나누어야 할 것은 잠자리만이 아닙니다.

특히, 남편들도 이제 한두 가지 요리는 할 줄 알아야 합니다. '오늘 저녁에 남편과 아이들에게 뭐를 해 먹이지?'라는 고민은 모든 주부들의 영원한 숙제입니다. 그래서 주부들은 이구동성으로 "가장 좋아하는 밥은 남이 해 주는 밥"이라고 합니다. 이럴 때 남편이 먼저 나서서 "일주일 동안 식사 챙겨 줘서 고마워. 오늘은 내가 솜씨를 발휘해 볼게"라고 말한다면, 설령 엄청난 음식을 차리지 않더라도, 아내들의 고충을 이해하는 남편으로 점수를 딸 것입니다.

또한 마음이 힘들거나 몸이 아플 때 옆에 있어 주는 사람이 진짜 좋은 남편, 좋은 아내입니다. 아내는 감기 몸살에 걸려서 손가락 하나도 까닥하지 못할 정도로 힘든데, 남편이 철없는 아이처럼 친구 만나러 가면 안 되느냐고 물어보면 그 어떤 아내가 사랑을 느끼겠어요?

그리고 부부라면 공통된 미래를 꿈꾸어야 합니다. 아내는 하루빨리 집을 갖는 게 소원이라 어떻게든 아끼면서 사는데, 남편은 무소유의 행복을 꿈꾸며 세계여행을 떠나자고 재촉한다면 그 부부의 미래는 불 보듯 뻔하지 않을까요?

서로 상대방에 대해 실수나 잘못에는 검은 안경을 쓰고, 잘한 것에는 돋보기안경을 써야 좋은 남편, 좋은 아내가 될 수 있습니다.

그리고 무엇보다도 서로 사랑하고 신뢰하면 좋은 남편, 좋은 아내입니다. 사랑하면 내 기쁨보다도 상대방의 기쁨을 추구하게 되고, 상대방의 고통이 내 고통보다도 더 아프게 느껴집니다.

30년 이상을 서로 다른 환경 속에서 자란 사람들이 이제 한 가정을 이루어 백년해로를 꿈꿉니다. 그렇지만 결혼생활은 현실입니다. '영원한 내 편'을 만들기 위해 부단히 노력하지 않으면 어느새 관계에 금이 갈 수밖에 없습니다. 상대방이 영원히 좋은 사람이길 바란다면 내가 먼저 좋은 사람이 되어야 합니다.

고양이 뒤에
호랑이

가끔 남편의 바람이나 폭력, 도박으로 인해 불행한 결혼생활을 하고 있는 분들을 주변에서 봅니다. 이 아내들은 그저 아이 때문에 남편과 한 집에서 지낼 뿐, 결혼생활의 즐거움이라고는 눈곱만큼도 없습니다. 그래서 매일 고민하게 되죠.

"이 결혼생활을 계속 유지해야 하나, 아니면 이혼해야 하나?"

모든 문제에는 감정의 답이 있고, 이성의 답이 있습니다. 또한 현재의 답이 있고, 미래의 답도 있습니다.

지금 고민 같은 경우, 감정의 답은 "당장 이혼해라"입니다. 그러나 이성의 답은 "참고 살아라"입니다. 마찬가지로 현재의 답은 "이혼 찬성"이지만, 미래의 답은 "결혼생활 유지"입니다.

행복이란, 찾으면 보이는 것

세상일이란 것이 나와 상대방이 똑같이 5씩을 내야만 굴러 가나요? 그러는 것이 가장 이상적이지만, 현실에서는 대부분 내가 8을 내고 상대방이 2를 내서 유지될 때가 많습니다. 나의 희생으로 상대방이 덕을 보면서 사는 게 세상살이입니다. 이는 내 것을 내가 먹고 상대방의 것을 상대방이 먹기도 하지만, 내가 먹을 것이 없을 때 상대방이 자신의 것을 나에게 나눠 줌으로써도 세상이 그럭저럭 굴러 간다는 말입니다.

이걸 결혼생활에 빗대면, 지금의 부부 같은 경우에는 아내가 8이나 9를 내고, 남편이 1, 2를 내고 살아가야 합니다. 따라서 상대방이 2를 낼 때 내가 8을 내지 않으면 더 이상 결혼생활은 유지될 수 없습니다. 이런 원리를 알고 있다면 쉽게 이혼을 결정하지 못할 것입니다.

결국 결혼생활이 유지되기 위해서는 아내의 많은 희생이 뒤따를 수밖에 없습니다. 그렇지만 남편은 자신을 위해 아내가 희생하고 있다는 것을 전혀 인지하지 못하고 있을 것입니다. 남편의 인격이 아직 미성숙하기 때문입니다. 하지만 결국에는 내가 선택한 사람입니다. 그러므로 그런 사람을 남편으로 선택한 자신의 결정에도 일정 부분 책임이 있습니다.

이때 남편이 "미안해, 그동안 내가 잘못했어"라며 아내에게 진심으로 사과한다면 아내 또한 그동안 살아온 정과 아이들을 생각해 용서하고 눈 감아 주는 경우가 많습니다. 하지만 남편이 오히려 적반하장으로 "내가 오죽하면 바람을 피웠을까?" 하고 반발한다면 결국 이혼 소송으로 가겠지요.

그런데 이혼 소송이란 게 결코 쉽지 않습니다. 당연히 이길 줄 알고 청구했던 이혼 소송의 결과가 아내의 패소로 나타나는 경우가 의외로 많은 것이 그 증거입니다.

"판사님, 제가 오죽하면 밖으로만 돌겠어요?"

이혼 법정에 서게 되면 남편 입장에서도 이런 행동을 하게 된 상황들을 쭉 나열하겠지요. 남편이 결혼 전에도 바람을 피웠을까요? 결혼 전에도 도박을 했을까요? 결혼 전에도 여자친구를 때렸을까요?

그랬다면 아내는 지금의 남편을 결혼 상대자로 절대 선택하지 않았겠지요. 결혼 후 어떤 계기로 인해 남편이 이렇게 되었다면 판사 입장에서도 고민을 할 것입니다. 그래서 양쪽 말을 다 들어 봐야 합니다.

만약 남편의 이런 주장이 받아들여져서 이혼이 이루어지지 않는다면, 정말 울며 겨자 먹기 식으로 결혼생활을 유지할 수밖에 없습니다. 그러면 아내의 괴로움은 한층 더하겠지요?

그런데 이런 지난한 과정을 거쳐 어쨌든 이혼을 하게 되면 남편이 다른 여자를 만나든 도박을 하든 상관하지 않아도 됩니다. 더 이상 아내에게 손찌검하지도 않습니다. 그러면 아내는 잠시 해방감을 맛볼 테지요.

그런데 문제는 이혼 후 아내에게 또 다른 어려움이 찾아온다는 겁니다. 자녀를 아빠 없는 아이로 키워야 하고, 또한 남편 없는 아내로 살아가야 합니다. 경제적으로도 이전보다 많이 궁핍해집니다. 그렇게 살아가는 생활이 이혼 전에 상상했던 것보다 훨씬 더 고달픕니다. 그러니 이혼 전에 들여야 봐야 하는 것들이 많습니다.

자신에게 나눠 줄 재산은 있는지, 아이 양육비는 어떻게 할 것인지, 이혼 후 생계수단이 있는지 등을 살펴야 합니다. 그런데 설령 이런 것들을 복합적으로 고려한다고 하더라도 이혼 후 이런 것들이 제대로 지켜지는 경우는 별로 없습니다. 대부분 어떤 구실을 내세워서라도 아이 양육비 같은 것은 주지 않으려고 하지요.

결국 이혼을 하는 것은 '배우자의 힘겨움'이라는 고양이를 피하는 것입니다. 그런데 고양이를 피하게 되면 뒤에 '삶의 힘겨움'이라는 호랑이가 나타납니다. 고양이도 무서워서 피한 사람이 어떻게 더 무서운 호랑이에게 맞서 싸울 용기가 날까요?

그래서 이혼을 선택한 후에 그걸 잘했다고 생각하는 사람이 얼마 되지 않습니다. 한 가족치료연구소의 조사에 따르면, "이혼 남녀의 90퍼센트, 사실상 거의 모든 이들이 이혼을 후회하고 있다"라는 결과가 나왔다고 합니다. 그 후회가 이혼 후 3개월에서 1년이 지나면 나타난다고 합니다.

무조건 이혼을 하지 말라는 이야기가 아닙니다. 이혼 후 찾아오는 현실적인 어려움을 이겨 낼 수 있는 용기가 있다면, 지금의 결혼생활 또한 능히 이겨 낼 수 있습니다. 따라서 이혼을 결정하기 전에 한번쯤 이렇게 해 봤으면 합니다. 일단 아내의 말과 행동을 확 바꿔 버리는 겁니다.

이전까지는 남편이 내 기분을 상하게 했을 때 어떻게 대응했나요?

같이 화내고, 같이 욕 하고, 같이 물건 집어던지고 하지 않았나요?

사이가 좋지 않은 부부는 이미 좋지 않은 이런 대응 방식에 익숙해져 있습니다. 이는 감정적인 상처로부터 자신을 보호하려는 심리 때문입니다. 그렇지만 이럴 때 잠시 내 자존심을 내려놓고 남편과 진정으로 소통해 보려고, 솔직하게 대화해 보려고 노력해 보세요. 그래도 한때는 열렬히 사랑했던 사이였고, 대화가 무진장 잘 통했던 사람이었잖아요?

남편이 바람을 피웠다는 것은 좋아하는 여자가 있었다는 것입니다. 그러면 아내가 남편이 좋아하는 그 여자처럼 행동하는 것입니다. 하지만 틀림없이 남편이 좋아하는 그 여자와 같지 않을 것입니다. 그럼에도 혹시 아내가 남편이 좋아하는 여자처럼 바뀌면 더 이상 그 여자를 찾지 않고 아내에게로 돌아올지도 모르잖아요. 행동을 바꿔 보지 않고 남편의 잘못이라고만 탓하기에는 아내에게도 절반의 책임이 있습니다. 물론 쉽지 않습니다.

남편의 행동을 고치기 위해 '결혼 행복 학교' 같은 프로그램에 부부가 함께 참여해 보는 것도 좋습니다.

내가 아닌, 상대방의 문제로 인해 이 지경에 이르게 되었다고 생각하면, 결국에는 모든 말과 행동이 부정적으로 해석될 수밖에 없습니다. 그럼 결국 그 부부는 '이혼'이라는 상처를 가슴에 안을 수밖에 없고요. 그러기 전에 내 말과 행동을 한번 바꿔 보는 건 어떨까요?

이혼과
패럴림픽 선수들

준비 없는 인생은 참으로 비참합니다. 특히나 이혼은 더욱 그렇습니다. 이혼을 결심한 사람이라면 이후에 벌어질 상황에 대해 예견하고 있어야 합니다. 만약 그렇게 하지 않으면 이혼 이후의 후폭풍을 감당할 수 없습니다.

요즈음 우리나라의 이혼율은 아시아에서는 1위, 경제협력개발기구 OECD 국가 중에서도 9위를 차지할 정도로 높습니다. 이처럼 아무리 흔해졌다 하더라도 이혼은 한 개인의 삶에 엄청난 상처를 줍니다. 만약 부부 사이에 아이가 있다면, 그 아이가 받는 상처는 더 크겠지요. 마치 자신의 잘못 때문에 엄마 아빠가 헤어졌다고 자책할 수도 있습니다.

그래서 부부가 이혼을 하기 전에 반드시 아이가 아빠나 엄마 없이 지낼 상황에 대해 대비해야 합니다. 교통사고가 크게 나서 다리 하나를 절단했다면, 나머지 다리 하나로 어찌됐든 삶을 살아가야 하듯이 말입니다. 어쩔 수 없는 냉혹한 현실입니다.

"왜 나는 아빠가 없어?"

어느 날 아이가 이렇게 풀 죽은 목소리로 엄마에게 물어볼지도 모릅니다. 이혼 후 그동안 아이가 아무런 내색을 하지 않아 기죽지 않고 당당하게 잘 크고 있는 줄 알았던 엄마로서는 아이의 이런 질문이 당황스럽지 않을 수 없습니다. 이때는 아이의 자존감을 높여 줄 수 있는 방법을 찾아야 합니다.

4년마다 개최되는 국제 스포츠 경기인 올림픽이 끝나고 나면, 이어서 '패럴림픽'이라고 하는 장애인 올림픽이 열립니다. 패럴림픽에는 장애를 지닌 선수들이 나와 그동안 갈고 닦은 기량을 발휘하며 전 세계 사람들에게 감동의 순간들을 선사합니다. 특히, 저는 의족을 한 채로 육상 경기에 참가하는 선수들을 보면 마음이 울컥하곤 합니다. 태어났을 때만 하더라도 장애가 없었던 사람이 중도에 사고를 당해 의족을 하게 되었지만, 그 장애에 좌절하지 않고 힘차게 앞으로 달려 나가는 것이 저의 심금을 울리기 때문입니다.

이와 마찬가지로 부모의 이혼으로 인해 힘들어하는 아이가 있다면, 우선 아이의 잘못이 아님을 일깨워 줘야 합니다. 장애가 내 잘못으로 인해 생긴 게 아니듯 말입니다. 대신에 부모들의 판단으로 이런 상황

행복이란, 찾으면 보이는 것

에 놓이게 된 것을 아이에게 미안해해야 합니다. 그리고 기죽지 않고 자신감을 가질 수 있도록 해야 합니다. 그러기 위해 앞에서 예를 든 패럴림픽 선수들 이야기를 해 주면 좋을 것 같습니다.

"아들아, TV에 나온 장애인 선수들 봤지? 그 선수들은 한 다리, 아니 두 다리가 다 없는데도, 장애가 없는 사람들보다 훨씬 더 잘 달리잖아? 너도 비록 지금은 아빠와 떨어져 있지만, 당당하고 자신감 있게 지낸다면 엄마 아빠와 함께 사는 아이보다 얼마든지 더 훌륭하게 자랄 수 있지 않겠니?"

그러면 아이가 '그래, 부모님이 돌아가셔서 아예 이 세상에 부모가 없는 친구들도 있는데, 나는 아빠랑 떨어져 있는 것뿐이야. 아직도 살아계셔서 멀리서나마 나를 지켜보고 있잖아'라고 마음먹을 수 있습니다.

그런데 이혼한 부부들의 결혼생활을 보면 "돈은 별로 못 벌어다 줘도 내 곁에 당신이 있는 것만으로 난 행복해"라고 말하기보다는 "그 쥐꼬리만 한 월급 갖다 주면서 뭘 잘했다고 그렇게 큰소리를 쳐"라고 하는 경우가 많았을 것입니다. 저는 이것을 부정적 관점이라고 칭합니다. 엄마 아빠가 이렇게 싸우는 소리를 아이 또한 옆에서 들었을 것입니다. 그러면 부정적 관점이 아이에게도 그대로 영향을 미칩니다.

그래서 엄마가 아무리 힘을 내라고 말하더라도 엄마 아빠의 이혼으로 풀이 죽은 아이는 "차라리 아빠가 죽었으면 내가 이러지 않을 거야"라고 항변합니다. 마음이 꼬인 것입니다. 이렇게 꼬인 아이의 마음을 풀어서 긍정적인 관점으로 돌려놓아야 아이가 기죽지 않습니다.

물론 이혼했는데 아이에게 "네 아빠처럼 훌륭한 사람은 없다"라고 말해 주기란 쉽지 않습니다. 그럼에도 아이의 장래를 생각한다면 엄마가 아이에게 아빠에 대한 좋은 피드백을 해 주어야 합니다. 그래야 아이가 좌절하지 않습니다.

"엄마하고는 잘 안 맞아서 이혼했지만, 그래도 네 아빠만큼 너를 사랑하는 사람은 이 세상에 없단다."

또한 아이가 기죽지 않고 지내길 원한다면 정기적으로 아빠를 만나도록 해 줘야 합니다. 생물학적으로 유전자 절반이 남편에게서 나왔으므로 강한 감정적인 유대감이 생기는 것은 어쩔 수 없습니다. 그래서 이혼 후에도 아빠와 아이의 관계는 유지되어야 합니다. 아이와 아빠가 이혼한 게 아니잖아요. 아이는 아빠를 보고파 하는 상황이잖아요. 이럴 때일수록 아빠와 아이를 더 자주 만나게 해 줌으로써 아이가 건강하게 성장할 수 있도록 도와주는 것도 이혼 부부의 몫입니다.

부부가 이혼을 하더라도 부모의 의무는 변함이 없는 법입니다. 그래서 엄마와 살더라도 이혼한 아빠는 일주일이나 한 달 정도 사이에 시간을 정해 아이와 소통을 이어 가야 합니다. 방학 중에 함께 휴가를 가는 것도 한 방법이겠지요. 그럼으로써 가족에게서, 특히 아빠로부터 아이가 버림받지 않고 보호받고 있다는 느낌을 가지도록 해야 합니다. 그럴 때 아이의 표정이 밝아지고, 더욱더 자신감을 갖게 될 것입니다. 그러면 아이가 이 세상에 태어난 것이 저주가 아닌 축복임을 알게 될 것입니다.

행복이란, 찾으면 보이는 것

최상의 커뮤니케이션은
스킨십이다

제가 자라던 당시만 하더라도 가족계획에 관한 변변한 교육이 없었습니다. 설령 교육을 받았다고 하더라도 귓등으로 흘려보내기 일쑤였지요. 그래서 나라에서 "많이 낳아 고생 말고, 적게 낳아 잘 키우자"라는 구호를 귀에 못이 박히도록 외쳐 댔지만, 별 소용이 없었습니다. 그래서 결혼을 해 임신을 했다 하면 무조건 아이를 낳았습니다. 그러니 집집마다 적게는 4명, 많으면 7~8명의 아이들이 줄줄이 사탕처럼 연이어 태어난 것은 당연했지요.

하지만 당시는 먹고사는 것도 어려웠던 시절이라 대부분의 엄마들은 아이를 낳고 나서도 바로 밭으로 또는 공장으로 일을 나가야 하는 경우가 태반이었습니다. 그런데도 아이들은 서로 뭉쳐 다니면서 들로

산으로 나가 뛰놀기도 하고, 공부도 하면서 잘 자랐습니다. 물론 어른들의 통제가 없어 가끔 사고가 터지기도 했지만요. 그렇지만 그런 아이들이 자라 이제 어엿한 사회인으로서의 역할을 잘하고 있습니다.

그런데 요즈음은 맞벌이 가정이 많다 보니, 아이 많이 낳는 것을 꺼립니다. 그래서 집마다 아이들이 하나나 두 명 정도입니다. 이 때문에 아이를 옆에서 하루 종일 돌봐 주지 못해 정서적으로 문제가 생기지 않을까 걱정하는 엄마들도 있습니다. 그런 엄마들은 경제적으로 조금 어렵더라도 일을 그만두고 집에서 아이를 돌봐야 하는 건 아닌지 고민합니다.

그런데 앞서 설명한 것처럼 엄마가 일을 한다고 해서 모든 아이가 다 잘못되지는 않습니다. 반대로 엄마가 일을 하지 않고 하루 종일 아이만 본다고 해서 아이가 잘 성장하는 것도 아닙니다. 엄마가 아이와 하루 종일 같이 있으면서, 한숨을 푹푹 내쉬며 다음 달 생활비 걱정하는 모습만 보인다고 하면 오히려 엄마가 나가서 일하는 것이 아이에게 더 좋은 것입니다. 결국 엄마가 일을 하느냐, 하지 않느냐는 선택의 문제입니다.

일을 함으로써 아이에게 경제적으로 더 좋은 환경을 만들어 줄 수도 있지만, 반대로 아이와의 유대감은 더 멀어질 수도 있는 것입니다. 그래서 맞벌이 가정이라면 수시로 아이의 의견을 물어봐야 합니다.

"얘야, 지금 우리 집 사정이 별로 좋지 않아. 그래서 엄마가 나가서 일을 해야만 할 것 같은데, 너 괜찮겠니?"

그런데 일부 부모들은 아이가 기죽을까 봐 가정의 경제적 사정에 대해 이야기하길 꺼리기도 하는데, 이는 잘못된 것입니다. 아이 또한 가족의 일원입니다. 따라서 부모들이 돈을 힘겹게 벌고 있다는 사실을 인식시키고, 가정의 경제적 상황을 말해 줌으로써 아이 또한 돈을 쓰는 것에 대해 책임을 지도록 해야 합니다. 이를 통해 돈에 대한 소중함을 자연스럽게 교육시킬 수도 있습니다.

아무튼 엄마가 이 말을 했을 때 아이의 반응이 "괜찮아요. 나 혼자서도 엄마 아빠가 오실 때까지 잘 지낼 수 있어요"라고 한다면 엄마가 일을 해도 되지만, 반대로 "학교 끝나고 집에 왔을 때 엄마 없는 것이 너무 속상해요. 나도 다른 집 애들처럼 학교에서 돌아왔을 때 엄마가 집에 있었으면 좋겠어요"라고 말한다면 엄마는 집에서 아이와 함께 지내야 합니다.

그런데 이런 문제가 제기되는 가정의 가장 큰 어려움은 가족들 간에 대화가 없다는 것입니다. 결국 해결책은 대화입니다. 가족 간의 대화만이 문제를 해결할 수 있습니다. 그게 되지 않으면 가족 각자가 마이웨이를 외치면서, 뿔뿔이 흩어지게 됩니다. 아이는 탈선할 수밖에 없겠지요. 탈선하기 전에 대화하길 바랍니다. 그래서 아이의 현재 생활에 별다른 이상이 없는지 확인해야 합니다.

가스를 얼마나 사용했는지 확인하기 위해 가스계량기를 한 달에 한 번씩 검침하듯, 가족들끼리도 한 달에 한 번 정도 점검하는 시간을 가져야 하는 것입니다. 특히, 엄마는 아이와 단 둘이 데이트할 시간을 가

행복이란, 찾으면 보이는 것

질 필요가 있습니다. 물론, 이때는 남편이나 다른 가족들의 도움이 필요하겠지요. 한 달에 한 번이라도 비용 부담 때문에 평소 잘 가지 않던 패밀리 레스토랑 등을 가 함께 음식을 먹으면서 아이와 많은 이야기를 나누다 보면, 아이가 일하는 엄마에 대해 가졌던 불만이 이해로 바뀌어질 것입니다.

그리고 또 한 가지 방법은 부모가 일하느라 바빠서 소홀해졌다고 느끼지 않도록 아이에게 스킨십을 많이 해 주는 것입니다. 특히 일어나기 힘들어하는 아이를 아침에 깨울 때 꼭 안아 줘 보세요. 그러면 아이 또한 하루의 시작을 기분 좋게 시작할 것입니다. 제가 아들에게 했던 방법인데, 효과가 참 좋습니다.

그리고 마지막으로 일하는 엄마들에게 당부합니다. 일을 함으로써 아이와 더 많은 시간을 함께 있어 주지 못하는 것에 대해 더 이상 죄책감을 갖지 마세요.

"얘야, 미안하다. 오늘도 회사 일이 바빠서 많이 못 놀아 줄 것 같아"라면서 죄책감을 가지는 대신 같이 있는 시간에 집중하면서, 자투리 시간이라도 효과적으로 활용하는 편이 아이 정서 발달에 훨씬 더 낫습니다. 그러면 일을 하는 엄마에 대해 아이가 불만을 가지지 않고, 오히려 자랑스러워할 것입니다.

제 4 장

행복하게
나이 들기

고부 갈등 없는
행복한 공존법

오래전부터 시어머니와 며느리, 즉 고부간의 갈등은 늘 있어 왔습니다. 그런데 요즈음에는 장모와 사위 간, 즉 장서 갈등이 더 무섭다는 말이 있습니다. 심지어는 시아버지와 며느리, 장인과 사위 간의 갈등도 있고요. 이러한 갈등으로 인해 이혼을 하는 부부도 심심치 않게 볼 수 있습니다. 어떻게 하면 이들의 관계를 회복할 수 있을까요?

갈등이 있다는 것은 서로 간의 욕구가 충돌한다는 것입니다. 시어머니 입장에서는 '장모가 우리 아들을 우습게 아네'이고, 친정엄마 입장에서는 '시어머니가 우리 딸 시집살이를 호되게 시키네'라는 양상이 벌어지고 있는 셈입니다.

이런 경우에는 부부간에도 불만이 많을 수밖에 없습니다. 만약 부부간에 사이가 좋으면, 설령 양쪽 엄마들 입에서 좋지 않은 말이 나온다 하더라도 중간에 차단시켜 버릴 테지요.

"엄마, 무슨 소리야, 이이가 얼마나 잘해 주는데……."

"아내가 아침밥을 얼마나 잘 챙겨 주는데요."

하지만 부부간에 사이가 좋지 않다 보니, 서로의 집에 가서 그 불만을 쏟아 내게 됩니다.

"엄마, 이 서방이 말이야. 생활비도 적게 주면서 맨날 아껴 쓰라고 잔소리하는 거 있지."

이 말을 들은 장모 입장에서는 사위가 예뻐 보일 리가 없겠지요. 그러다 보니 더욱 갈등이 증폭되는 것입니다. 그래서 고부 갈등, 장서 갈등의 원인은 엄밀히 말하면, 부부간의 갈등입니다. 왜 이런 갈등이 생기느냐고요?

예전에는 딸을 시집보냈다면, 지금은 공주를 시집보냅니다. 그래서 공주에게 맞는 대우를 해 주지 않으면 갈등을 겪을 수밖에 없습니다. 그리고 예전에는 본인이 못 살겠다고 이혼을 선택했지만, 지금은 친정엄마가 딸을 이혼시켜 버립니다.

또한 내가 어떤 것을 자연스럽다고 생각한다고 해서 상대방 역시 그것을 자연스럽게 받아들이는 것이 아니고, 반대로 내가 어색하다고 생각하는 것들에 대해 상대방 또한 어색함을 느끼는 것이 아닙니다. 이는 결국 서로 간의 자연스러움이 안 맞는 것입니다. 내가 자연스럽더라도 상대방에게는 어색한 것이 있고, 내가 어색하더라도 상대방은

행복이란, 찾으면 보이는 것

자연스러울 수가 있다는 것을 인정해야 합니다.

직장에서 퇴근해 집으로 돌아온 남편이 씻고 나올 때까지 식탁에 저녁식사가 차려져 있지 않습니다. 그래서 남편이 묻습니다.

"여보, 왜 저녁밥이 없어?"

이 말에 가정주부인 아내가 이렇게 대답합니다.

"내가 힘들게 뭐하러 저녁을 차려, 그냥 밖에 나가서 먹고 와."

또는 "나도 집에서 일하잖아"라고 대꾸할 수도 있습니다.

이것이 일반적인 상황은 아니지 않나요? 그렇다고 이 말에 남편이 이렇게 말해서는 안 됩니다.

"이놈의 여편네가 하루 종일 집구석에서 드라마나 보면서 뭐가 힘들다고 그래!"

대신에 이렇게 말해 보세요.

"그래, 티도 안 나는 집안일 하느라고 힘들지? 그럼 하루는 밖에서 사 먹고, 하루는 집에서 먹읍시다."

상대방을 이해하려는 마음을 가지고 절반씩 양보하는 미덕이 결혼생활에 반드시 필요합니다. 물건을 살 때에도 흥정을 하듯이 말입니다.

"그 땅 가격이 3.3㎡당 얼마예요?"

"100만 원입니다."

"어휴, 무슨 땅값이 그렇게 비싸요? 50만 원에 합시다."

"뭐라고요? 지금 여기 땅값이 어떻게 되는 줄도 모르고 그런 소리를 해요. 그럼 나도 땅을 급하게 팔아야 하니까, 75만 원만 주쇼."

"서로 조금씩 양보한 거니까 그렇게 합시다."

이렇게 해서 거래가 성사됩니다. 부부간에도 진솔한 대화 속에 이런 흥정의 기술이 필요합니다.

시댁이나 처가의 부모님들께 용돈을 드리는 경우도 있습니다. 그럴 때 남편이 일방적으로 "우리 어머니 아버지는 경제적으로 힘드시니까 매달 용돈을 드리고, 처가에는 두 분 생신이나 명절 같이 특별한 날에만 챙겨 드립시다"라고 말했다면 아내와 갈등이 일어날 수밖에 없습니다. 그 다툼이 싫어 아내에게는 본인 부모님께도 특별한 날에만 용돈을 드린다고 말하고 회사에서 나오는 보너스 중 일부를 숨겨 수시로 용돈을 드리는 남편들도 많습니다. 한번은 상대방을 속일 수 있어도, 나중에는 결국 사실이 드러나고 맙니다. 그럴 때 아내의 배신감이 더 커집니다.

그러므로 이럴 때도 자기 입장만 내세우지 말고, 부부가 서로 진솔하게 대화로 풀어 가야 합니다.

고부 갈등에서 남편의 역할이 중요하듯 장서 갈등에서는 아내의 역할이 중요합니다. 그래서 남편을 사랑받는 사위로 만들기 위해 아내가 나서고, 아내가 사랑받는 며느리였으면 하는 바람이 있다면 남편이 시어머니와 아내 사이를 잘 중재해야 합니다.

이렇게 먼저 부부의 관계가 원만하다면, 양쪽 부모님들 또한 더 이상 참견하지 않고, 오히려 사위나 며느리에게 먼저 손을 내밀 것입니다.

귀농, 낭만적인
생각부터 버려야 한다

보통 사람은 나이가 들수록 자연에 대한 동경이 더 깊어지게 마련입니다. 그래서 직장 은퇴 후 지친 도시 생활을 청산하고 자연 속에서 살길 원하는 사람들이 많습니다. 그런데 남편은 귀농해서 농사를 짓고 싶어 하지만, 아내는 자식들이 있는 도시에서 그대로 살고 싶어 하는 경우도 있습니다. 이럴 때는 어떻게 해야 할까요?

어떤 사람은 도시에 살아서 성공할 수도, 반면에 또 어떤 사람은 농촌에 살아서 성공할 수 있습니다. 사람들마다 다릅니다. 그러므로 획일화하면 안 됩니다. 누군가의 귀농 성공이 곧 나의 성공으로 이어지리란 보장이 없습니다. 또 누군가의 실패가 곧 나의 실패를 뜻하는 것도 아닙니다.

행복이란, 찾으면 보이는 것

그러면 어떤 사람이 귀농에 성공하고, 어떤 사람이 실패할까요? 이 말은 "누가 시험에 합격하고, 누가 시험에 불합격할까요?"라는 질문과 똑같습니다. 간단하지요. 시험 준비를 열심히 한 사람이 붙고, 시험 준비를 게을리한 사람이 떨어지지요. 즉 귀농을 미리 준비한 사람이 성공하고, 준비되지 않은 사람이 실패한다는 말입니다.

그래서 남편이 귀농을 하고자 한다면 우선 귀농에 대한 철저한 준비가 되어 있어야 합니다. 귀농하게 되면 농사지을 땅은 있는지, 그리고 그 땅에 어떤 작물을 심을 수 있는지를 알아보아야 하고, 그와 관련한 재배 기술 등을 가지고 있어야 합니다. 이런 것들을 철저히 준비해야 합니다.

그런데 한 가지 조심해야 할 것이 있습니다. 직장생활을 하는 사람은 보통 사업을 꿈꿉니다. 아파트 대출금, 생활비, 자녀교육비 등으로 매달 허덕이다 보면 쥐꼬리(?)만 한 월급을 받는 것보다 한꺼번에 목돈을 만질 수 있었으면 좋겠다고 생각하는 거지요. 그런데 반대로 사업을 하는 사람은 매달 월급을 고정적으로 받을 수 있는 직장인을 부러워합니다. 왜 그럴까요? 둘 다 힘들다는 공통된 마음 때문에 그렇습니다.

그런데 자영업자를, 그리고 직장인을 꿈꾸는 이들이 모르는 게 있습니다. 그들이 지금 머릿속 상상으로만 진행하는 사업과 직장생활이 실제로는 더 힘들다는 것을요. 지금까지 몇십 년 동안 해 온 일도 힘든데, 생판 모르는 일을 시작하는 것이 쉬울까요? 절대 쉽지 않습니다.

귀농 또한 마찬가지입니다. 농촌에서 자란 사람이라서 그곳에 터전이 갖춰져 있다면 귀농을 해도 괜찮습니다. 생활 방식 등이 이미 몸에 익었을 테니까요. 그런데 내내 도시에서만 지내 온 사람 입장에서는 쉬울 리가 없겠지요. 더군다나 사무실에서만 직장생활을 한 경우라면 매일 몸을 써야 하는 귀농 생활이 만만치 않을 것입니다.

낭만과 현실은 엄연히 다릅니다. 그 증거가 산속에 지어 놓은 실버타운입니다.

잠깐 다녀가는 외부인의 시선에서 보면 산속에 지어 놓은 그 실버타운이 엄청나게 좋아 보입니다. 도시의 자욱한 미세먼지 대신 신선한 공기를 매일같이 들이마실 수 있는 산속에 자리 잡고 있으니 얼마나 좋아 보이겠어요? 그런데 그건 잠시 다니러 갔을 때, 그리고 나이가 젊어 건강했을 때 얘기입니다. 몸이라도 아파 응급상황이라도 벌어지게 되면 정말 큰일 납니다. 병원이 위치한 도시에 도착하기 전 중간에 죽을 수도 있으니까요.

독감을 예방하기 위해 주사를 맞는 경우가 있는데, 그 주사를 맞고도 독감에 걸리는 경우가 종종 있습니다. 그렇다고 "독감 예방 주사는 맞을 필요가 없다"고 말하는 것은 잘못입니다. 대부분의 사람들에게 효과가 있는데, 일부에게만 몸에 맞지 않아 그런 현상이 나타나는 것뿐입니다. 그러므로 감기에 들더라도 예방 주사를 맞는 것이 몸에 더 좋습니다.

마찬가지로 귀농하고 싶다면 관련 교육도 듣고, 주말농장 등을 통

행복이란, 찾으면 보이는 것

해 작물도 심어 봄으로써, 과연 내가 농촌에서 적응할 수 있는지 예행 연습을 해 보아야 합니다. 이 예행 연습을 마칠 무렵에 확신이 선다면 그때는 귀농을 해도 좋습니다. 그런데 이런 연습도 없이, '에후, 이제는 도시에 사는 것이 지겹다. 차라리 농촌에나 들어가서 살자, 거기서 뭐라도 먹고살겠지. 산 입에 설마 거미줄 치겠어'라는 안일한 생각을 가지고 무작정 귀농하는 것은 말도 안 되는 소리입니다.

그런데 이렇게 해서 남편은 이미 귀농 준비를 마친 상태가 되었지만, 아내가 여전히 내려가기 싫다고 하는 경우도 있습니다. 남편은 도시에서 사는 게 너무 힘들고 지치는데, 아내는 기반이 있는 도시에서 아이들과 함께 지내겠다고 하는 건 이혼하자는 이야기와 다름없습니다. 그렇다고 남편이 강압적으로 무조건 아내에게 농촌으로 함께 내려가자고 하는 것도 말이 안 됩니다. 이때는 객관적인 대화가 필요합니다. 둘 다 자기주장만 내세우지 말고, 서로 상의해 조금이라도 나은 길이 있다면 그쪽을 선택하는 것이 맞습니다.

고생하기 싫어서 무조건 농촌으로 가지 않겠다고 하는 것도 좋지 않고, 성공 확률도 없는데 무조건 아내더러 농촌으로 함께 가자고 하는 것도 옳지 않습니다.

모든 가능성을 열어 놓고 부부가 대화를 하면서 발생 가능한 상황을 모두 노트에 적어 보세요. 그러다 보면 어느 정도 객관적인 답이 나옵니다. 그걸 찾아가는 게 좋습니다.

반대로 농촌에서 도시로 가길 싫어하는 사람도 있습니다. 그런데

그렇게 고집 피우다가도 일단 도시에서 살아보면 "이곳으로 오길 잘했네"라고 말하기도 합니다. 이것이 적응입니다. 적응하면 어디든지 괜찮습니다. 도시에 있든, 농촌에 있든 어디에 있든지 행복해야 합니다. 그것이 진정한 행복입니다.

부부의 행복 코드가 맞지 않을 때, 자신의 행복만을 주장하지 말고 어느 것이 더 객관적인지를 찾아야 합니다. 그런데 이보다 더 중요한 게 있습니다.

사실 아내가 남편을 사랑하면 두말하지 않고 남편을 따라갑니다. 마찬가지로 남편이 아내를 사랑하면 아내를 따라갑니다. 그런데 의견이 팽팽하다는 것은 사랑이 결여된 상태라 할 수 있습니다. 서로를 배려하는 마음이 없다는 뜻입니다. 진짜 남편을 사랑하면 농촌 아니라 이 세상 그 어디든 못 가겠습니까?

귀농을 하고 싶다면 앞서 말한 준비도 물론 해야 하지만, 그것보다 더 중요한 것은 아내에게 충분히 사랑을 베푸는 것입니다. 그러는 가운데 진솔하고도 객관적인 대화를 나눈다면 문제가 잘 해결될 것입니다. 귀농을 가든지, 안 가든지 말입니다.

결국 귀농을 하겠다는 것은 스트레스 안 받고 마음의 안정을 찾고자 해서 가려는 것 아니겠어요? 그러면 사랑하는 아내와 함께 머무는 곳이 진정으로 마음의 안정을 찾아 줄 수 있을 것입니다.

효자보다
악처가 낫다

"자식들 다 소용없어. 너희들이 반대하더라도 나는 저 사람과 살고 싶다."

몇해 전 어머니를 먼저 하늘로 떠나보낸 아버지의 선전 포고가 시작되었습니다. 아버지께서 새로운 반려자가 될 운명의 사람을 만났다고 합니다. 그분이랑 결혼해서 새 출발하고 싶으시답니다. 그런데 자식들이 반대합니다. 아버지는 "내 인생인데, 결혼해서 행복하게 살면 안 되냐?"고 항변합니다.

작년 통계에 따르면 우리나라 재혼 건수가 전체적으로 감소했음에도 불구하고, 65세 이상의 재혼율은 10퍼센트 이상 증가한 것으로 나타났다고 합니다. 재혼을 한 이유를 물어보니, "너무 외로워서"라는

행복이란, 찾으면 보이는 것

대답이 가장 많았다고 해요. 배우자와 사별하거나 이혼함으로써 생긴 외로움이 뼈에 사무쳤던 것입니다.

하지만 자녀들 입장에서는 이런 상황이 당황스러울 수밖에 없습니다. 모임을 통해 만난 아줌마(?)를 여자친구로 사귀고 있는 건 알았지만, 막상 두 분이 결혼을 해 법적인 부부가 된다고 하니 말입니다. 아버지와 여자친구(?) 입장에서는 외로운 사람들끼리 서로 의지하며 산다고 하지만, 만약 부모가 재혼을 하게 되면 자녀들 입장에서는 부수적인 문제들로 고민할 수밖에 없습니다.

이를테면 아버지를 둔 자녀 입장에서는 아버지의 재산이 좀 있다고 하면, '혹시 저 사람이 우리 아버지의 돈 때문에 접근한 건가? 그럼 나중에 상속은 어떻게 되는 거지?'라는 현실적인 의문에서부터 '새 어머니와의 관계가 어색해지면 어쩌지?' '저쪽 집 자식들하고도 형제라고 교류하며 살아야 하나?' 등등의 고민이 생깁니다. 친부모라면 당연히 들지 않았을 의문이지요.

여자 쪽 자녀의 입장에서도 '결혼을 하게 되면 이젠 우리보다 저 집에 더 신경을 쓰게 될 텐데, 그럼 우리 엄마를 빼앗기는 건 아닐까?' 하는 생각이 들게 됩니다. 또한 재혼을 결심한 여자 입장에서는 '저 아이들이 전 부인의 자식들인데, 내가 이 나이에 내 자식도 아닌 남의 집 자식들 눈치까지 봐 가면서 저 남자와 살아야 하나?'라는 생각이 들 것입니다.

황혼의 로맨스가 결실을 맺기 전까지 이런 복합적인 고민들이 들게 마련입니다. 나이를 들어 교제하는 경우에는 그 만남이 지속되기 어려운데, 그 이유가 서로의 가치관이나 성격 등이 이미 고착되었기 때문입니다. 그래서 이런 어려움을 가진 상황에서 나이 들어 결혼해 부부의 연을 맺고 산다는 게 쉽지 않습니다.

요즈음 사별이나 이혼 후 재혼하는 경우가 늘어나다 보니 이런 상황에 놓여 있는 자녀들이 의외로 많습니다. 그런데 부모의 황혼 재혼에 대해 고민하고 있는 자녀에게 해 주고 싶은 말이 있습니다.

"너무 예리한 잣대를 아버지나 새 어머니에게 들이대지 마세요. 그러면 당신이 나이 들었을 때 후회합니다."

나이가 들면 '아버지(어머니)가 당시에 이런 마음이셨구나'라는 것을 깨닫게 된다는 말입니다. 아버지가 새 어머니와 같이 살고 싶은 이유는 이미 이런 어려움이 있다는 것을 알고 있음에도 외로움이 더 크기 때문일 것입니다. 지금은 절대 아버지의 그 외로움을 이해하지 못하고, 이해할 수도 없습니다. 입장이 다르니까요.

그래서 정말로 두 분의 관계가 괜찮다고 하면 자녀가 입장을 바꿔야 하고, 만약 아버지가 눈에 뭐가 씌여서 이상한(?) 여자에게 빠져 있는 것이라면 아버지가 자중해야 합니다. 다시 말하면 사랑의 관계냐, 아니면 비정상적 관계냐를 구분해야 한다는 것입니다.

만약 정상적인 사랑을 하고 있는 게 아니라면, 아버지라고 해서 무조건 이해해서는 안 됩니다. 분명히 어느 한쪽이 불순한 목적을 가지고 접근하는 게 자식들 눈에 보이는데, 다른 한쪽은 그것도 모르고 무

행복이란, 찾으면 보이는 것

작정 결혼만을 외치는 경우입니다. 이건 사랑이 아닙니다. 그래서 결혼을 결심했다면 이런저런 정황들을 면밀하게 분석해야 합니다.

'저 사람은 왜 나와 결혼하고 싶은 걸까? 다른 사욕은 없는가, 가정환경은 어떠한가, 우리 결혼에 대해 양쪽 자식들의 의견은 어떤가, 반대를 한다면 왜 반대를 할까, 지금 상황을 내가 이해하지 못하는 것인가, 아니면 자식들이 무작정 반대하는 것인가' 등등을 살펴야 합니다. 이는 결혼생활이 생각만큼 쉽지 않기 때문입니다. 이미 경험해 보셨잖아요.

그럼에도 결혼이 하고 싶다면 진솔한 대화를 통해 자식들을 설득하는 시간을 가져야 합니다. 그러다 보면 1, 2년 후에는 다른 눈으로 바라볼 수 있게 됩니다. 반대를 무릅쓰고 한 결혼인데, 얼마 안 있다가 "저 사람과는 더 이상 못 살겠다" 하면 안 되잖아요. 그러니까 아버지도, 자식들도 실수하지 않기 위해서 조금 시간이 걸리더라도 모두 다 인정할 때까지 지켜봐야 합니다.

그때까지도 두 사람의 만남이 아무런 문제없이 지속되고 있으면 자녀들 입장에서 '두 분이 사랑이 아닌 줄 알았는데, 이제 보니 사랑이었구나'라고 깨달아질 것입니다. 그때는 자식들이 동의를 해 줘야 합니다.

물론 '저 사람과 결혼해 꼭 함께 살아야겠다'고 생각하더라도 끝까지 자녀들이 반대하는 경우도 있습니다. 그때에는 '저 사람하고는 인연이 아닌가 보다' 하고 생각해 헤어지는 것이 서로를 위해서도 좋습니다. 자식들과 연 끊을 생각을 하지 않는다면 말이죠.

살면서 후회할 일을 만들면 안 됩니다. 따라서 두 번째 결혼을 후회하지 않으려면 자식들의 동의를 구하면서 차근차근 일을 추진해 나가는 지혜가 필요합니다.

이런 과정 없이 무작정 아버지 자신의 주장만 밀어붙이다 보면, 결국 자녀와의 관계도 어색해지고, 심지어는 자식들과 연을 끊는 경우도 발생할 수 있습니다.

배우자와 사별하거나 이혼하고 나서 혼자 지내는 것이 좋은 사람이 있는가 하면, 새로운 반려자를 만나는 것이 좋은 사람도 있습니다. 마찬가지로 혼자 살아가는 것이 어려운 사람이 있고, 다른 사람을 만나서 어려운 사람이 있습니다.

자신과 배우자 될 사람이 어떤 유형인지 고민해 보고, 자식들과 시간을 갖고 진지한 대화를 해 본다면 황혼의 재혼 문제가 잘 해결될 수 있을 것입니다.

영원한
독불장군은 없다

"당신이 뭘 알아? 내가 하라는 해로 해!"

이 말에 엄마는 깜짝 놀라서 움찔하고, 아이들은 속으로 '우리 아빠, 또 시작이네' 하면서 구시렁거립니다.

우리나라의 가족관계가 많이 좋아졌다고는 하지만, 아직도 이런 가정들이 참 많지요?

사람은 나이가 들수록 가치관이 확고해집니다. 그러면서 자신의 개별적인 경험이 곧 사회 전체의 일반적인 것이라 생각하고, 그것이 정답이기에 그대로 하라고 강요하게 되는 경우가 많습니다. 귀는 자연스럽게 닫히게 되고, 자신의 의견이나 행동에 대해 토를 다는 사람에 대해서는 큰소리를 지르거나 화가 난 듯한 행동을 보이면서 위협하지요. 그야말로 나이가 들수록 무슨 일이든 자기 생각대로 해야만 직성이 풀리는 독불장군이 되어 가는 것입니다.

특히, 이런 독불장군 아버지(혹자는 이런 사람들을 가리켜 '꼰대'라고도 하지요)들이 아직도 많습니다. 사회생활을 하거나 직장에서 일할 때에는 자신의 의사를 제대로 잘 표현하지 못하던 사람도 집에만 들어오면 거침없이 행동하고 말합니다. 세상일은 내 맘대로 되지 않다는 것을 잘 알기에 스트레스가 쌓여도 그대로 참지만, 가족들에게만큼은 내 뜻이 관철되기를 바라면서 함부로 대하는 거지요.

이런 집의 특징은 남편과 아내가 동등한 관계가 아니라, 상하 관계를 유지합니다. 그래서 남편이 큰소리를 치면서 윽박지르기라도 하면 아내는 한마디 대꾸도 못하고 눈물만 흘리거나 뒤에 가서 "내가 이러다 제 명에 못 살지" 하며 한탄만 할 뿐입니다. 남편의 폭력 앞에 자신의 불만이나 요구사항을 제대로 표현하지 못하는 거지요. 그러다가 나중에 화병에 걸리는 경우를 종종 보게 됩니다.

자식들 또한 아버지의 꿈을 이루어 주기 위한 대리인에 불과합니다. 공부면 공부, 친구 관계면 친구 관계 등 이런 모든 것이 아버지가 생각한 대로 움직여져야 합니다. 만약 자식들이 그 수준에 못 미치면 물불 안 가리고 화를 냅니다.

"네가 부족한 게 뭔데, 이따위 성적을 받아 오는 거야!"

"어디서 그런 하찮은 친구들이나 사귀고……."

그런데 비록 이렇게 독불장군 아버지지만 자식이 잘 되기를 얼마나 바라겠어요? 그래서 집안을 잘 이끌어 가야 한다는 부담감에 너무 스트레스를 받다 보니 아들에게 폭언과 폭행을 했는지도 모릅니다. 그리고 "집안의 가장으로서, 아버지로서 당연히 그 정도는 할 수 있는 거 아니냐?"라고 생각할지도 모릅니다. 그런데 아내와 자식을 위한다는 명목 아래 행하는 것들이 그들에게는 지울 수 없는 상처로 남는다는 것을 독불장군 아버지는 잘 모르고 있습니다.

아버지가 이렇게 된 원인을 찾으려면 우선 그의 성장 과정을 살펴볼 필요가 있습니다. 대개는 그 성장 과정에 문제가 있는 경우가 많거든요. 그렇다면 아버지를 키웠던 할아버지로 올라가 그 원인을 한번 찾아봐야 합니다.

지인의 아들이 학교에서 연극을 한다고 해서 구경을 간 적이 있었습니다. 그 아이가 맡은 역할은 술주정뱅이였습니다. 그런데 무대 위 아들의 모습을 보고 난 아버지가 큰 충격을 받았다고 합니다. 바로 자신이 술 취하면 했던 행동들을 아들이 그대로 재연해 냈기 때문입니다. 이렇게 사람은 자신이 본 것을 그대로 따라 배웁니다.

독불장군 아버지는 자신이 독불장군이라는 것을 의식할 수도, 의식하지 못할 수도 있습니다. 그래서 자신이 '이러면 안 되지' 하면서도 하는 사람이 있고, 몰라서 그 행동을 하는 사람도 있습니다.

자신의 잘못된 행동에 대해 전혀 인식하지 못하는 사람에게는 그것이 잘못되었음을 잘 알려 주면 '아, 내가 그동안 정말 잘못했구나' 하면서 그것을 개선하려고 노력합니다. 그런데 자신의 말과 행동이 문제라는 사실을 알면서도 그것을 계속 하는 사람은 문제가 심각합니다. 잘못하고 있다고 인식함에도 불구하고, 절대 그 행동을 고치려고 하지 않기 때문이죠. 이런 사람들은 앞으로도 여전히 독불장군으로 군림할 가능성이 농후합니다.

골프 초보자에게 "그 자세는 잘못된 자세니까 고치세요"라고 조언해 주면 금방 고치지만, 구력이 20년 이상 된 사람에게 그렇게 말하면 쉽게 받아들이지 못하는 것과 마찬가지입니다.

이렇게 자신의 행동에 대해 전혀 인식하고 있지 못한 사람에게는 그의 행동을 지적하는 것이 황당한 얘기로 들릴 뿐입니다. 가부장적인 분위기의 가정에서 자란 사람들은 이런 행동에 대해 크게 잘못했다고 생각하지 않습니다. 자신이 자라 오면서 집에서 본 것을 그대로 했을 뿐이라고 생각하는 거지요.

그런데 지금은 예전과 시대가 달라졌다는 것을 인식해야 합니다. 예전에는 '북어와 여자는 3일에 한 번씩 패야 한다'는 과격한 말이 있었습니다. 또 '북어와 여자는 팰수록 맛이 난다'고 하는 말도 있었습니다. 그런데 지금은 그 말대로 했다가는 바로 경찰서로 가야 합니다.

'북어'는 그렇게 해도 됩니다. 그래야 살이 부드러워지니까요. 그런데 아내를 그랬다가는 바로 법적인 조치가 취해집니다. 지나가는 개도 함부로 때리면 안 되는 세상인데, 하물며 아내와 자식들에게 그래서야 되겠습니까?

독불장군이 있는 가정은 아버지와 자식들 간의 사이도 좋지 않으니다. 극단적으로는 '내가 크면 아버지를 죽여 버릴 거야' 하고 나쁜 마음을 먹는 아들도 있습니다. 그런데 이런 마음을 먹는 아들조차도 자신이 병들어 간다는 것을 깨닫고 있지 못합니다. 속으로는 '난 절대 우리 아버지처럼 살지 않을 거야'라고 다짐하지만 보통은 아버지의 삶을 재연할 수밖에 없습니다. 잘못된 말과 행동의 대물림만큼 무섭고 사람을 병들게 하는 것은 없습니다.

그러니 앞서 연극에 출현한 지인의 아들처럼 다른 이들의 도움을 받아 아버지의 그러한 행동이 잘못되었음을 충격 주는 것이 필요합니다. '아, 내가 이러면 안 되겠구나' 하는 것을 깨달아야 비로소 그런 말과 행동을 고칠 수 있게 되는 거지요.

그런데 보통 독불장군 아버지는 자식들의 말을 잘 듣지 않습니다. 자신보다 아래라고 생각하는 사람의 얘기를 들을 정도면 대개 이런 행동을 하지 않겠지요. 그래서 아버지의 행동과 말을 바꿔 보겠다고 무심코 조언을 했다가 오히려 말대답한다고 자식이 맞을 수도 있습니다.

그런데 아내 쪽의 오빠나 웃어른 등 남편이 좀 어려워하는 사람이 나서면 이야기가 달라집니다. 독불장군 아버지들은 겉으로는 굉장히 센 척하지만, 사실은 자신감이 없는 사람들이 많습니다. 자신의 약함을 들키지 않기 위해 일부러 더 과장되게 말하고 행동하는 거거든요. 그래서 자신보다 센 사람의 눈치를 보고, 의식할 수밖에 없어요. 그것도 안 된다면 상담센터나 정신과 등을 찾아가 전문가의 도움을 청하는 것도 한 방법입니다.

그리고 독불장군 아버지에게도 한 말씀 드립니다. 영원한 독불장군은 없습니다. 시간이 지나면 이빨 빠진 호랑이가 되고 맙니다. 어려서부터 자식이 마음속으로 품은 아버지에 대한 분노가 나이가 들면 분명히 당신을 향하게 될 가능성이 큽니다. 아내와 자식을 진정으로 사랑하신다면 지금부터라도 부디 정신 차리세요!

삶의 의미
발견하기

제가 군대를 갔더니, 어느 날 상관이 구덩이를 파라고 시켰습니다. 저는 이 말을 듣고 열심히 삽질을 해서 구덩이 한 개를 팠습니다. 그랬더니 상관이 다시 명령하더라고요.

"다시 메워!"

이 말은 들은 저는 힘이 쭉 빠졌습니다. 얼핏 구덩이를 팔 때가 힘이 더 든다고 생각할 수 있지만, 실질적으로는 판 구덩이를 다시 메꿀 때가 더 힘이 듭니다. 이런 마음이 들기 때문이죠.

'도로 메꾸려면 뭐하러 파라고 해?'

구덩이를 팔 때는 몸은 힘들지만 그래도 하나의 구덩이를 만든다는 의미가 있었습니다. 그런데 방금 전에 팠던 그 구덩이를 다시 메꾸라고 하는 것은 아무런 의미가 없는 그야말로 헛짓일 뿐이에요. 그러니 몸과 마음이 두 배로 더 힘들지 않겠어요? 이런 '무의미'가 사람을 좌절시킵니다.

나이가 들어 노인이 되면 이런 삶의 의미 없음이 더 크게 다가옵니다. 여기저기 아픈 곳도 많아지고, 그러다 보니 기력도 떨어지고, 이로 인해 일상생활이나 경제적 활동도 제대로 할 수 없으니 외부활동도 줄어들게 되고, 그러다 보면 밤에 잠도 잘 오지 않게 됩니다. 혹여 잠이 들더라도 자주 깨고, 중간에 잠을 깨게 되면 다시 잠드는 것도 쉽지 않습니다.

잠들지 못하는 밤이 지속되다 보면 삶의 재미나 즐거움도 없고, 미래에 대한 부정적인 생각만이 머릿속을 뱅글뱅글 돌게 됩니다. 그러면 '더 이상 살 가치가 없다'거나 '너무 괴로워서 죽고 싶다'는 생각을 자주 할 수밖에 없습니다. 이러한 부정적인 생각들이 실제 자살 시도로 이어지기도 합니다. 이는 전형적인 노인 우울증의 증상들입니다.

특히 노인들의 경우, 배우자와 사별하거나 이혼하고 자식들과의 관계도 그다지 좋지 않으면 더욱더 그런 상황에 놓일 가능성이 높습니다. 며칠이 지나도 전화 한 통 걸려 오지 않거나 찾아오는 사람도 없으면 날마다 골방에 앉아 텔레비전만 멍하니 쳐다보게 봅니다. 그러다가 혼잣말로 '외롭다, 외롭다'를 중얼거리며 눈물을 훔칩니다. 그런 생활을 지속하다가 결국 혼자 쓸쓸하게 죽어 가는 것입니다. 그만큼 노년의 우울증은 정말 무섭습니다.

우리나라 65세 이상의 노인들 중 10~15퍼센트가 이런 우울증을 경험한다고 합니다.

우울증은 잘못된 생활습관이 쌓여 오기도 합니다. 그렇기 때문에 어떻게 보면 우울증에 걸린 게 아니라, 스스로 우울증을 불러왔다고도 할 수 있습니다.

어떤 사람은 "제가 얼마나 힘든 일을 겪었는지 목사님이 몰라서 그래요"라고 말하기도 합니다. 스트레스가 원인인 거죠. 그런데 힘든 일을 겪은 모든 사람이 우울증에 걸리는 것이 아니지 않습니까? 힘든 일이 생기더라도 우울증에 걸리면 안 되는데, 그런 일도 없이 우울증에 걸린 것은 스스로가 삶을 잘못 살았다는 증거인 셈입니다.

그러면 이런 우울증에서 어떻게 하면 벗어날 수 있을까요? 앞서도 말했지만, 우울증에 걸린 사람들은 '더 이상 삶의 의미가 없다'고 생각합니다. 그 삶의 '의미 없음'을 '의미 있음'으로 바꿔 주면 우울증이 사라질 수 있습니다.

제가 생각하기에 우울증에 걸린 노인들은 자주 밖으로 나오는 것이 급선무입니다. 무기력해진 몸과 마음에 따사로운 햇볕을 쬐어 주어야 합니다. 적당한 야외 활동을 통해 적정량의 햇볕을 쬐어 주면 우울지수를 감소시킬 수 있기 때문입니다. 특히 '봄볕은 며느리를 쬐이고, 가을볕은 딸을 쬐인다'는 말이 있을 정도로 가을볕은 천연 영양제 역할을 합니다.

이렇게 기분 전환이 되었다면 그다음으로는 노인복지관 등을 찾아

가 일을 해 보세요. 박스 포장이나 봉투 접기 등 주로 단순 작업이지만, 분주하게 손을 놀리면서 같은 처지에 있는 할아버지, 할머니들과 수다를 떨며 일을 하다 보면 하루가 어떻게 가는지 모를 정도로 즐겁습니다. 이것은 치매 예방에도 효과가 있습니다. 무기력한 내 삶의 의미도 생기면서 건강도 챙기고 적지만 돈까지 버니 얼마나 좋겠어요? 그야말로 1석 3조입니다.

그리고 내가 사는 동네의 구역을 정해 매일 청소를 해 보세요. 쓰레기가 많이 날리는 우리 동네를 깨끗하게 치운다는 의미가 있습니다. 또는 내가 가진 기술 등을 재능기부를 통해 다른 사람들에게 나눠 주거나 날마다 산에 오르는 것도 좋은 방법입니다. 할아버지, 할머니들이 가는 '콜라텍'에서 신나게 한바탕 춤을 추어도 좋습니다. 다른 사람과 교감하는 신체 활동 또한 우울증에서 벗어나는 한 방법입니다.

이런 것들은 모두 삶의 의미를 찾게 해 줍니다. 이렇게 뭔가 의미 있는 일을 해야 우울증에서 벗어날 수 있습니다.

그런데 우울증에 빠진 노인들은 이런 일들을 하려고 하지 않습니다. 이건 한마디로 게으른 것입니다. 젊은 늙은이가 있고, 늙은 젊은이가 있습니다. 이 말은 20살 청춘인지, 80살 먹은 노인인지도 중요하지만, 어떤 마음가짐으로 사는지가 더 중요하다는 말입니다. 내 뜨거운 가슴을 불태울 뭔가를 지금부터라도 찾으세요. 우울할 새가 없도록 말입니다. 아무것도 하지 않으면서 "나는 우울하다. 우울하다" 하지 말고요.

저는 언젠가 기회가 된다면 이런 우울증으로 고통 받는 노인분들과 함께 생활하면서 그분들에게 삶의 의미를 불어넣어 드렸으면 하는 마음이 있습니다. 그런 분들을 강원도에 데려가서 낮에는 옥수수 따는 일을 시키고, 저녁에는 제 유쾌한 인생 강의를 듣도록 하는 것입니다. 그러면 그 우울증은 금방 사라질 것입니다. 이제부터라도 의미 있는 일을 찾아보도록 해 보세요.

아내를 여왕으로
대접하라

"젊었을 때는 난 돈 버는 기계에 불과했어요. 처자식 먹여 살리느라 죽어라 일만 했지요. 그래서 은퇴한 지금이라도 아내와 함께 시간을 잘 보내고 싶은데, 아내는 이제 제가 돈을 못 번다고 괄시합니다. 정말 억울해요."

저에게 와서 이렇게 하소연하는 아버지들을 가끔 봅니다. 그 남편들은 이제 경제적 활동도 활발히 하지 못하고, 게다가 기력까지 떨어지니까 아내가 더 이상 자신을 필요로 하지 않는다고 생각합니다.

이런 분들의 머릿속에는 '경제적 능력=좋은 대우, 경제적 무능력=구박'이라는 돈 위주의 사고가 자리 잡고 있습니다. 이런 생각 속에 빠져 있으면 결코 아내와 행복한 노년을 보낼 수가 없습니다.

이런 아내들도 분명 일부 있을 것입니다. 그런데 대부분의 아내들은 그렇지 않습니다. '남편이 그동안 나와 아이들을 위해 고생했으니 그만 좀 쉬게 하고, 이제부터는 내가 나가서 적지만 돈을 벌어 오면 되지'라고 생각하는 아내들이 대부분입니다. 그러므로 남편을 이렇게 홀대하는 것은 돈을 더 이상 벌어다 주지 못하기 때문이 아니라, 그동안 아내를 대했던 태도 때문이라는 것을 깨달아야 합니다.

이런 남편들의 공통점은 젊은 시절 한창 돈을 잘 벌었을 때 아내를 괄시했다는 것입니다. 내가 돈을 벌고 있으니 자신이 생각하기에 소소한(?) 집안일과 아이들 키우는 일은 가정주부인 아내가 전적으로 해야 할 일이라고 생각했을 것입니다. 그래서 집안일을 돕기는커녕 집에 들어오기만 하면 "왜 이렇게 집에 먼지가 많냐? 청소는 제대로 하는 거냐?" "아침에 먹은 설거지가 왜 아직도 쌓여 있느냐?" "입고 나갈 옷이 하나도 없다. 빨래도 제대로 안 하고 어딜 돌아다니는 거냐?" 등등 잔소리만 했을 것입니다. 아내를 삶의 동반자가 아니라, 막 부려도 되는 하녀 정도로 생각한 거지요. 한마디로·아내를 제대로 대접해 주지 않았다는 말입니다.

이러다 보면 아내의 마음속에 응어리가 쌓입니다. 그러다가 어느 순간, 그 응어리가 한꺼번에 폭발해 버립니다. 용수철을 너무 조이면 결국에는 튕겨져 나가듯이 말입니다.

나이 60 정도가 되면, 아내는 남편이 자신에게 다가오는 것을 굉장히 귀찮아해 합니다. 자식들도 장성해 각자 자기 생활을 하고 있어 손

행복이란, 찾으면 보이는 것

갈 일도 별로 없기에, 이제 홀가분하게 혼자만의 시간도 갖고 친구들과 놀러 다니고도 싶은데, 그 황제로 군림하던 사람이 찰거머리처럼 자기한테 달라붙어서 떨어지지 않으려고 하니 말입니다.

보통 남편들은 아내가 없으면 참 힘들고, 불편합니다. 아내가 며칠 여행이라도 가게 되면 혼자서 밥도 직접 차려 먹어야 하고, 속옷도 어디 있는지 잘 몰라 매번 전화로 물어보기 일쑤입니다. 자신의 말 한마디에 모든 것을 척척 해 주고, 대령하던 아내가 한 집에 같이 있지 않으려고 해서 벌어지는 현상입니다.

인생은 씨를 뿌린 대로 거둬들이는 법입니다. 남편이 만약 이 단순한 사실이 알았더라면 아내에게 잘했을 것입니다.

남편들에게 고합니다. 젊은 시절부터 아내를 여왕으로 떠받드는 지혜가 필요합니다. 그렇게 하지 못했다면 지금부터라도 왕의 자리에서 내려와 머슴이 되어 보세요. 그러면 그간 쌓인 정 때문이라도 그전보다는 훨씬 더 좋은 부부관계를 유지할 수 있을 것입니다.

그리고 아내들에게도 고합니다. 남편들이 흘린 땀방울 덕분에 아이들을 이만큼 키우고, 가정도 지킬 수 있었음을 누구보다도 잘 알고 있을 것입니다. 그러니 이빨 빠진 호랑이가 된 남편들이 조금 밉고 귀찮더라도 다가올 때 뿌리치지 마시고, "그동안 수고했어"라는 따뜻한 말 한마디와 함께 꼭 안아 주세요. 그러면 이제 그 남편은 그 누구보다도 당신을 위하는 멋진 기사로 변신할 것입니다.

행복이란, 찾으면 보이는 것

초판 1쇄 발행 2017년 10월 16일
초판 2쇄 발행 2017년 10월 19일
초판 3쇄 발행 2017년 10월 22일
초판 4쇄 발행 2017년 10월 25일
초판 5쇄 발행 2017년 10월 28일

지은이 장경동
그린이 최청운

펴낸이 김연홍
펴낸곳 아라크네

출판등록 1999년 10월 12일 제2-2945호
주소 서울시 마포구 성미산로 187 아라크네빌딩 5층(연남동)
전화 02-334-3887 **팩스** 02-334-2068

ISBN 979-11-5774-572-2 03810